愛，或另一種愛

橘子作品 32

Love. One Way or Another.

【推薦序】因為她是我見過，下筆最輕但刻得最深的人。

當橘子編輯問我要不要寫推薦序的時候，坦白說我心情是很惶恐的。因為我寫作路數和橘子不同，讀者群可能也完全不重疊，我寫奇幻恐怖，比較適合邊看書邊聽金屬音樂邊吃著鹹酥雞，手還會把書頁沾的油油的那種。

而橘子呢？她可是愛情天后。

那種會被人把作品全集放在咖啡館的書櫃，當作裝飾也當作品味象徵的作者。

若真要說我有什麼異於常人之處，大概就是，她沒出書的這四年的FB文章，我都沒有錯過。

至於你問我為什麼要追她的FB？我想是因為我一直都相信。

她會回來。

就算網路上她只像個平凡人一樣叨叨絮絮。

就算她彷彿不再像是一個作者而像是股市財經專家。

就算她曬帥姪子和帥狗的次數遠超過曬小說。

但我相信，她一定會繼續打開電腦，完成她的這個故事。

因為她是我見過，下筆最輕但刻得最深的人。

關於橘子的小說。

總讓我想起多年前，在日月潭的午後，大雨讓我必須奔回飯店，房間內老婆小孩熟睡，而我一個人在昏黃的檯燈下看著橘子的小說，窗外的雨水一波波灑落在湖面，輕盈如舞。

從此，一讀到橘子小說，就讓我想到那午後，還有凝視著湖面，品嚐遺憾的自己。

而如今再翻開橘子的小說。

我只能說，怎能不教人愛妳的文字？多年的等待，能再次感受這美好與寂寞的瞬間。

只是，下一本，別我們等太久，好嗎？

Div（另一種聲音）

【自序】如果寫不下去的話，那就把寫不下去這困境寫進小說裡吧。

五年前我在寫一本平行時空的小說，字數都寫到兩萬四，然而就那樣硬是卡稿寫作失憶，就這樣我空白了四年的時間專心學習跟自己好好相處，在簡直是一刀兩斷重新把自己找回來寫回來活回來的四年之後，我終於快樂起來重新書寫，先是找回手感似的散文書，然後是這本短篇串連而成的小說，每一本都毫無懸念的斷在兩萬四這字數，寫時沒有怎麼了，就是突然失憶了：忘記本來要寫什麼，忘記小說該怎麼寫。

連續三本，有夠邪門。

上一本散文書還可以請求吳子雲技術支援、即刻救援，但是小說很難，因為故事全在我的腦子裡，就算口述來個小說接龍吧、也依舊存在風格差異那方面的問題；就這麼氣餒、挫折、自我懷疑的時候，有天靈機一動，不如這樣吧：如果寫不下去的話，那就把寫不下去這困境寫進小說裡吧。

就這樣，它變成我的第五章。

這本書和以往橘書最大的不同是它偏親情，它很大人，以及，是的，它很真實；每一篇幾乎都是由一對一的匿名訪談改寫而成的半虛構故事，而初衷是在這我自己設定成為寫作第三階的第一本小說、這睽違五年之後再出發所寫下的小說，我非常私心的希望能夠是和你們一起，能夠是有你們在故事裡，陪我一起，給我勇氣，一起走回寫作這位置，而不再像過去那二十幾年來，就只是我單向的寫，就只是你們單向看，就只是那樣而已。

這是一本寫給你們的小說，小說裡的情節有八成都是真實，而至於是哪八成的真實？被寫進書裡的人會知道，他們自己決定，畢竟我只是個寫故事的人，而他們是故事裡的人。也於是我把書裡所有的人名抽掉，直到寫進完全虛構的第八章時，人名才終於回到書裡。

所以是的，暈船日料店是真實存在的，是的，我在那裡吃著日料喝著啤酒和老闆聊天時想到的靈感，因為很感謝，所以就這樣直接把店名人名用進來；以及是的，畫室畫家和逆光那幅畫也是確實存在的，也是因為很感謝在我倒數兩章再次陷入斷稿危機時，那麼剛好的旅行，那麼剛好的出現，那麼剛好的，就坐在我對面，和旁邊。最後就那麼剛好的完稿，寫下全文完這三個字時，我還恍惚了很久，不敢相信。

這是一本私小說屬性的創作，這的確是一本私小說，這是屬於你們的私小說，這是我寫給你們的情書。

橘子

暈船

壽司／日料／調酒

不提供寄酒服務
但可以寄放心事

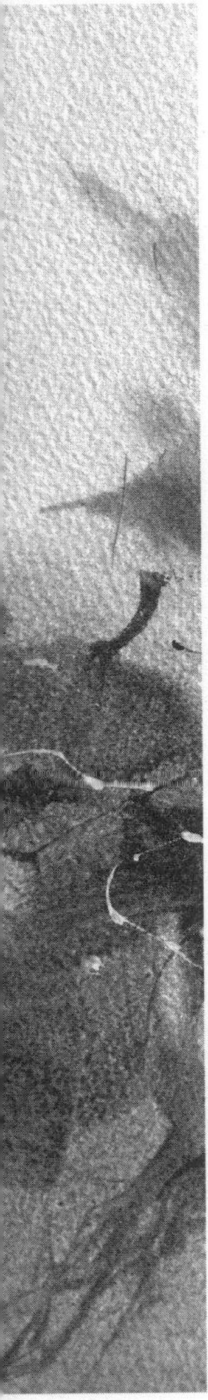

第一章 — 日料店裡的眼淚

Love.

One Way or

Another.

Dear

把這篇當成是情書看

這是我幫你寫給媽媽的情書

後來我會想像自己是美國作家勞倫斯．卜洛克筆下那個沒有執照的私家偵探，整天就坐在酒吧裡解決三餐，同時啜飲摻了幾滴波本的黑咖啡，天黑了就移駕到另一個酒吧開始往喉嚨裡倒酒，波本威士忌，那是當然，他一向就喝那個。

所有人都知道該往哪裡去找他尋人或破案，他簡直就是把酒吧當成私人辦公室，他的收費一向不按牌理出牌，也通常不願意認真記錄花費以及按時報告進度，他比較喜歡和討厭的人做生意，因為這樣收費太高或者辦事不力時他比較不會因此心情不好；他話說得明白直接，然後隨便委託人愛接受不接受，他的業績不好，可是他也不差業績。他固執得像一頭鬥牛犬：一旦咬住了，就絕對不鬆口。然而絕大多數委託人都會接受，有的是因為口碑，有的純粹就是喜歡他這個調調。而且幾乎每個委託人最後都會把和他的見面當成是告解。

後來的我就是這種感覺，每個選擇坐在吧檯前面的那些顧客們之於我，就好像委託人們之於馬修．史卡德。

告解

不是在教堂，而是酒吧，或日料店，店名取為暈船的這一間。

我所謂的後來很明確是指那個網紅來過以後。

最初是那位老闆先知道這裡的，會知道那位老闆是因為他的菠蘿屋很紅而他的車很騷包，奧迪純電車，要價五百萬，全台灣只有一百多個人有；那次他們是一群車友來，選的是靠近門口的那張大桌子，大桌子總共可以坐八個人，那是團體聚會的首選，尤其是這附近的那所私立大學教職員們的心頭好，他們通常會點兩盤生魚片、幾碗海鮮粥以及一堆壽司和丼飯，喝掉一大堆啤酒，氣氛又歡樂又喧譁，把我的店搞成一個居酒屋，而我還得忍住不用丹田低吼一句：以拉蝦以媽誰！

而他們那次很不同，每個人都客客氣氣的說話聲音小小的並且他們直接預約單價最高的無菜單料理。

「那麼需要搭配什麼酒呢？清酒或特調？威士忌的話也有很多種類，需要幫你們介紹嗎？」

「酒的話先不用，我們今天都開車。」

「我們今天是車聚。」

那位老闆補充說明，後來知道那是什麼等級的車聚時，我差點直接捉起手機衝出去賞車拍照或錄影。那是我第一次聽他說五百萬奧迪電動車以及全台灣只有一百多人有。

第二次是他的員工聚餐，選擇的是L型吧檯的位置，那是四人一排的座位，隱密性高也比較安靜，想要好好談話的顧客們會選擇坐在那裡，通常是商務客居多，他們通常選擇第二便宜或者第二貴的無菜單料理，開一罐清酒或者威士忌慢慢喝；而他不是，他依舊預約單價最高的無菜單料理，沒有點酒，他那次還是沒有點酒，那是我第二次聽到他說五百萬奧迪電動車以及全台灣只有一百多人有，那次我招待他們四杯沙瓦。

那次我不但有走出去欣賞他的愛車，他還發動引擎讓我和車合照。「這樣別人才知道你不只是和路邊的車合照而已，那是認識的車。」當下他如此認真解釋。我說不上來為什麼感覺有點可愛。

認

識

的

車

最後一次就是和網紅。

他們兩個人選擇坐在吧檯前面的座位，那是可以直接看著我料理食材的座位，通常想和我聊天的顧客就會選擇坐在這裡，所以我才會納悶他們怎麼不是選擇吧檯旁邊那個隱密的角度而是這裡呢？因為她是流量很高的網紅，而我一直在偷偷期待她會拿出手機拍照打卡和分享，不過結果她沒有，那是當然，她的一則業配可是要價不菲，她的一則團購抽成我完全望塵莫及，那絕對不是我們這種只能在臉書或IG下下廣告的小小店家所能夠奢望的檔次。

我建議他們：

「你們要不要換坐那邊？比較隱密。」

「有需要嗎？」

喔，喔好。

這種冷淡風格的說話方式跟她頻道裡高傲優雅的料理教學風格倒是難以言喻的契合，難怪就算身為高流量的網紅也依舊擁有坐在日料店吧檯前的自信哪。

我忍不住想像這個畫面：

「請問我可以跟妳拍張照片嗎？」

「有需要嗎？」

好好笑的感覺。

「你在傻笑什麼？」

回過神來，我聽見老闆正在問我，抱歉抱歉，我連忙送上兩杯Shot招待。

「我不喝酒。」

「我知道，」我告訴老闆：「這兩杯都是招待她的。」

她微微的笑，大概因此知道我是她頻道的忠實觀眾吧？她很快的一飲而盡，然後要我幫她搭配適合每道料理的調酒。

「每道料理搭配一杯調酒？」

「怎麼了嗎？」

「沒，沒事。」

「她酒量很好，很難喝醉也從不在外面嘔吐。」

她瞥了他一眼，然後說：

「他喜歡喝可爾必思，但是我猜你這裡沒有。」
「我都招待他沙瓦。」
「都。他還帶誰來過是嗎？」
她問，而老闆抬頭看了我一眼，我識相的低頭安靜開始做料理。

我看不出來他們兩個什麼關係，我聽見老闆再一次提起五百萬的奧迪純電車以及全台灣只有一百多個人擁有，我瞄見網紅正在凝視著老闆的右手，視線筆直的毫不修飾，本來我以為她是在打量他手上沒有戴婚戒的這個事實，然而結果她是在看他手背上的那一大道疤痕：

「那是怎麼了？」
「摔車啊，十八歲離家出走那一年。」
「我以為你十六歲就離家出走了。」
「那個傷口當初好好照護的話，是可以不用留下那樣大面積的疤。」

送上餐點的同時，我忍不住多嘴了這一句，而他倆同時抬頭看著我，臉上的表情意義不明，我於是趕緊道歉：

「抱歉我大學是念護理系，所以忍不住多嘴了，我的錯。再跑一輪 Shot 嗎？本店招待。」

網紅點點頭，而老闆擺擺手，本來他轉頭繼續要跟她說些什麼原先接著要說的，但結果卻把原先都說到嘴邊的話給收回，抬頭，他看著我，說：

「不要說好好照顧傷口了，我那時候連好好照顧自己的資源都沒有，每天就是過著被房東催繳房租被生活費追著跑的日子，而那時候我才十八歲！」

老闆說，老闆開始說。

原來衣著貴氣又滿嘴富貴的老闆其實是單親家庭長大的小孩，十歲那年爸媽離婚之後就和弟弟跟著媽媽住，媽媽很快地再婚舉家搬到台北，也很快的生下一位同母異父的妹妹。

「你妹很正。」

「我覺得還好。」

「你恐怕是身邊正妹太多了所以看誰都覺得還好。」

啊，火藥味，濃濃的。我趕緊圓場：

「再來一輪 Shot？沙瓦？」

「好，沙瓦。」

「我要改喝啤酒。」

「這樣會混酒吧？」

「有差嗎？」

「好，您說的是。」

沙瓦，啤酒。

我本來想走出吧檯去收拾大桌子上的空杯盤，不過老闆的視線卻開始緊捉住我，他繼續說：

「我媽簡直是匪類啊，我的整個童年完全就是在搬家轉學和躲債中度過，我是還好，家道中落之前還享受過榮華富貴，但是我弟我妹完全沒有，他們完全就是被生下來受苦的。」

「你們怎麼了？」

爸爸經商失敗而媽媽酗酒又好賭，簡直是匪類啊。老闆又重複了一次這三個字：匪類啊。

而我則是忍不住又提問：

「酗酒好賭為什麼還可以帶著兩個小孩很快的二婚？她是不是長得很正？」

他看著我，然後想了想，臉上的表情彷彿自己從來沒有思考過這個問題，而這當下他終於好好的想通了，他恍然大悟似的說：

「對。」

「而你長得像她對吧？」

「嗯。」

這次的嗯比較像是嘆氣，感覺他的臉上有什麼東西開始慢慢剝落。

「我的確長得像她。」他說，然後轉頭問：「妳的啤酒可以讓我喝一口嗎？我只是想要喝一口而已。」

「我以為你不喝酒。」

「所以就一口。」

「好。」

喝了那就一口的啤酒之後老闆繼續說。

他的媽媽早婚，十八歲就生下他，所以其實也還是個孩子的年紀就開始當起妻子和母親，而那年紀就算是在那年代也都算是太早結婚進入家庭了；至於他的爸爸則是搭上經濟起飛的時代紅利經營紡織工廠，在那年代有房有車有工廠是個老闆就足以令十七歲的美少女暈船了吧？

「這年代也是啊。」

我說，而他們笑了，這次。

「給自己調杯酒，我請客。」

「謝謝老闆。」

老闆繼續說起外公家三合院裡的大院子，初二陪媽媽回娘家時大院子裡會停放著的舅舅姨丈們各自的車子，而那是親戚之間暗自角力的開始，那大院子；就這樣角力的煙硝味隨著圍爐的開啟一路沿伸到大人們的年終和加薪、小孩子們成績以及紅包的厚度。簡直煩死人。

而當他們這一家從最初最耀眼的賓士車逐漸淪落成為搭國光客運回三合院時，當時就算是只有十歲的他都足以知道：這個家完了。

「我媽很愛面子，非常害怕被瞧不起。」

「尤其是被她的原生家庭瞧不起？」

「嗯。」

「為什麼要瞧不起自己的家人？」

我疑惑的問，而老闆苦笑著看我。

「你聽起來像是教養很好的家庭教養出來的小孩。」

「呃……」

我閉上嘴巴聽老闆繼續說。

這樣的女人在離婚之後開始各種荒唐各種打腫臉充胖子以及隨之而來的各種連夜跑路各種——

「我的每個舅舅和阿姨都被我媽借過錢，還不止一次，你知道那種被每個親戚當成瘟疫是什麼感覺嗎？可能前一天我們小孩子才在大院子裡的充氣游泳池裡快樂玩水，可是隔天因為我媽的一通借錢電話，就被大人們警告他們不要再跟我和我弟玩，而我們完全不知道自己做錯什麼了。」

網紅摸了摸他的手臂，安靜的繼續聽著。而我也是。

「妳知道那種一聽到你的聲音就被掛電話是什麼感覺嗎？就算我只是個孩子？我那時候才幾歲欸？媽的！」

「她為什麼要一直借錢？她不是很快就再婚了嗎？她沒有工作嗎？」

「她就好高騖遠，一心只想賺快錢，」想了想，老闆還是決定說：「她簽六合彩。」

她簽六合彩。彷彿這是一句髒話，光就只是從自己嘴巴裡說出來都嫌髒的那種程度。

就這樣各自沉默了好一會之後，網紅開口問：

「我一直搞不懂你以前為什麼願意把全部的薪水都交給她？」

「因為我們家很窮，而她是我媽媽。」

「可是你也知道她都拿去簽六合彩……」

「她還是我媽。」

她看著他。

我走出去收拾大桌子上的空杯盤，而他們就這麼安安靜靜的把盤子裡剩下的食物吃光；當我重新回到吧檯裡面時，老闆朝著我舉了手，本來我以為他是要結帳離開，因為他通常都不會待太久，可是結果這次他卻說：

「她的酒沒了，也給我來一罐，還有你自己。媽的今天是怎麼了？怎麼突然想喝酒？」

「這是好現象。」

「呵。」

三罐啤酒，他繼續說起那一段過去。

曾經在十六歲就去麵包店當學徒並且薪水全部都上繳給媽媽的孝順男孩在十八歲那年終於受夠了，導火線是他們家已經窮到三個小孩只能合吃一個便當，而那個他曾經真心當成媽媽深愛且依賴的女人卻依舊只管酗酒和賭博。

他打從心底感到絕望。

「我當時覺得再繼續待在那個家裡，人生會因此完蛋。」

於是他一拿到身分證就開始計劃逃亡，他先是在朋友家客廳的沙發上窩了半年之後，終於存到買機車的錢成功展開新生活；在二十歲之前他都把自己過得像是一個打工換宿的流浪漢，他會在一個城市待半年，接著離職，收拾起少少的行李，騎上機車前往下一個城市，然後找到工作，接著再待半年，再。

「我都不知道那時候是在找什麼，或者躲什麼。」

老闆總結似的說，而我則點出：

「你說這樣的生活直到你二十歲那年為止。」

「嗯，怎麼了？」

「嗯，你二十歲那年怎麼了？」

他看著我，怔住，沒想過會被這樣問。或許直到目前為止，都沒有人這麼問過他這句話：你怎麼了？

他很慢很慢的，聲音低低的，說：

「我媽媽死了。肝硬化，她把自己喝死了，就在我離家出走的不久之後。」

「所以你回家了？」

「沒有，我連她什麼時候死的都不知道。」

他那時候還在流浪，某一天吧，他打電話給那位很照顧他們家三個小孩的阿姨，目的是想要借點錢來用，他那時候出車禍，滿嚴重的一場車禍，就是他右手背上那一大道疤痕的由來，那時候他因此沒辦法去上班，吃住都成為問題，他此生都不願意像他媽媽那樣借錢度日，他總是告訴自己只要活得不像他媽媽、那就叫作活得很成功，可是那一次他真的是過不下去了。

「我不是沒餓過肚子沒拖欠過房租，但是那一次真的……」

「一文錢逼死一條好漢。」

「對。」

那是他生平第一次開口向人借錢，而對象還是從小就很照顧他們三個小孩的阿姨，可是他沒有借到錢，因為當時他的阿姨哭著告訴他：你媽媽死了，是你弟幫她捧斗送終七日和對年。

「而我當時的第一個反應居然是拿起提款卡去找提款機看看我媽有沒有留錢給我。」

「結果有嗎？」

「當然沒有，餘額只剩五百三，提款機還領不出來，媽的！」

媽的，他說，然後試著笑了一下，可是結果並不太成功。

他始終沒有回去見媽媽最後一面，稱不上什麼愛或恨，純粹很理智的覺得於事無補也沒有必要，在那之後他就是依舊過著被三餐不繼以及房東追討房租的窮苦生活，直到他把全台灣的城市都差不多住過之後，才終於開始慢慢穩定下來，無論是工作，又或者是心性。

最後他還是選擇回到曾經安葬他媽媽的那個城市，腳踏實地，白手起家，在三十二歲那年終於開始過起有房有車有家店的人生，就像小時候的他爸爸，那種能夠輕易令十七歲美少女暈船的男人。他把自己活成了想要的形狀。

「有個觀察我不曉得當說不當說。」

「你說說看。」

「那你可以先買單嗎？因為我怕你聽了生氣然後跑單而且還給我一顆星負評，我們小店不好生存，抱歉。」

「可以。」

他先買單，掏出滿厚一疊的鈔票，擺擺手要我不用找。他完全沒有看一眼帳單上的金額。

很快的把那疊鈔票掃進抽屜之後，我說：

「其實你不但長得像你媽，連個性也都很像對不對？」

網紅點頭，她非常同意：

「嗯，他們都很浮誇，我見過的有錢人不少，但是像他這麼高調炫富的，還真是不常見。最初認識的時候，我還以為他是詐騙集團。」

「呵，她很喜歡提這個。你繼續說。」

「而你不覺得你外公家三合院的大院子和你車聚時的大停車場很像嗎？」

他楞住。

「聽完今天的這些那些之後我是這樣想的：你媽媽始終沒有走出三合院裡的攻防和比較，而那失落太巨大太痛苦以至於她承受不起也無法面對，所以她賭博她酗酒她逃避；而你的興趣是玩車參加車聚，我是沒有參加過所以不知道，不過我想像那也是比來比去的場合吧？所以你不覺得車聚很像是你小時候三合院的翻版嗎？」

「你這麼一說，是有點。」

「你為什麼喜歡車聚？」

「就是交交朋友，我是個生意人。」

「還有呢？應該還有吧？」

「因為我都比贏。」

我看著他，有猶豫熟客口碑和Google評價，不過，喔，媽的，管他的，我聽見自己說：

「有沒有可能這其實是你潛意識裡懷念她的方式？會不會其實你是很想你媽媽的？」

「我才——」

他把說到嘴邊的話隨著啤酒一飲而盡，換了個表情，像個生意人那樣，他說：「我真的完全不想她，也其實並不想特地跑一趟去看她的照片，我甚至完全不想祭拜她。」

「嗯？」

「我很知道她這輩子帶給我的傷害，我這輩子都在害怕沒有錢，就算在我已經很有錢了之後依舊是，我這輩子都不怕死可是我真的很怕沒有錢，我什麼都不怕我就只害怕沒有錢，我知道這很荒謬可是我就是怕，怕沒錢，我房間裡有個保險櫃，保險櫃裡是滿滿的現鈔，我心情不好的時候就會打開保險櫃然後開始數鈔票，數著數著，那些煩心事也就不見了。

「不，不只，我也很害怕會被看不起，我知道那都過去了，我現在吃好用好開好住好，每個往來的人對我開口都是林先生林老闆的喊，喊得好尊貴，可是我心底就是經常會冒出一些怪念頭：眼前的這個人現在是不是正在看我不起？這些都很荒謬，我知道，可是我也無能為力。然後我就會去打開保險櫃開始數鈔票讓心情變好。

「我當然知道為什麼，我學歷不高但我讀很多書，我很知道她曾經如何讓我認為自己不如那些親戚的小孩，就只是因為窮，窮就是輸，窮就是爛。不，我不恨她，我只是覺得她很可憐，我並不會想她，實際上這二十年來我提過她我想起她的次數可能都還沒有今天晚上多。

「甚至，真的，天哪，我真心覺得把這句話說出來會下地獄，但是真的，我很高興她死了，她死了之後我們三個小孩才終於開始過起比較像樣的生活，我們才終於可以開始活得有人樣。而我真心寧願下地獄也不願意為自己的這個想法道歉。」

我寧願下地獄也不願意為了自己的這個想法道歉。

他說，可他接著說：

「可是我發現我很想帶她來這裡吃一次日料，我帶過很多人來，而每一次，我都在心底偷偷想像如果是帶她來呢？那是什麼感覺？我永遠不會知道了。所以我發現其實我就更加想要開車載她來這裡吃一次日料，我很想讓她坐在我那台五百萬奧迪純電車的副駕，我很希望她知道她的大兒子出息了，有錢了，住好房子開好車子，往來各行各業的大人物了，她終於不用再那麼用力的活了，活得像是只為了爭一口氣，被看得起，她不會再被看不起了，她此生都，她——」

他沒再往下說去，他開始哭了起來。

他坐在日料店的吧檯前，哭泣。

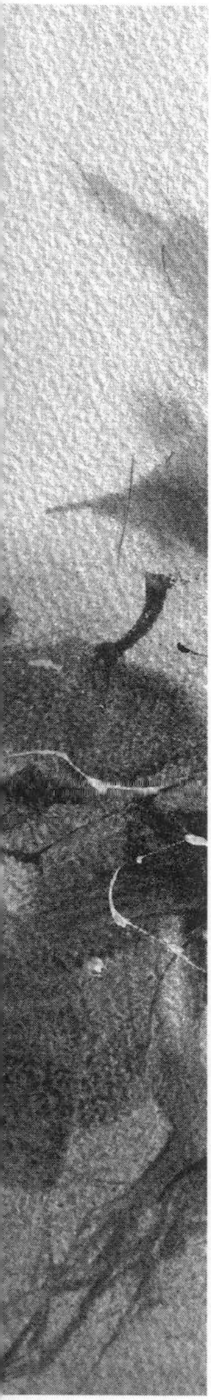

第二章 —— 一個明確的時刻

Love.

One Way or

Another.

Dear
她希望我轉告你
你是她那段艱難的日子裡
唯一遇見過的好事

我不意外網紅會再一次走進店裡，我比較意外的是她這次自己來，那是菠蘿屋老闆坐在吧檯前哭泣的三週之後，週三晚上八點左右的時刻。

「妳一個人？」

「為什麼這句話從你嘴巴裡說出來聽起來像是在搭訕？」

「可能是因為長相的關係吧？」

「呵。」

網紅很敷衍的呵了一聲，敷衍到她應該完全沒有任何笑意而只是單純把呵這個字唸出來而已；她做了個喝酒的手勢，同時直接坐在吧檯前面的位置。我不意外她會選擇坐在她上次坐的那個位置。

「調酒還是啤酒？」

「啤酒。」

啤酒，她說。

她說其實她一直就是個喝啤酒的人，簡單又方便，每當拍片或者商談以及其他所有重大見面的場合之前，她總是會提早半小時左右抵達目的地，然後走進附近的便利店快快的喝一罐冰冰涼涼的啤酒，一罐啤酒並不足以讓她產生醉意或者達到酒駕的數值，但是這個習慣或者說是工作前的儀式感不知何故總是帶給她莫名的安心。

「我其實是很容易緊張的個性，總是非常沒有安全感，為此我還去諮商過，看看是不是童年陰影還是依附不全那方面的事，不過，」不過，她語速很快的講到這裡稍微停留了一下，然後才接著說：「真不知道這樣的個性為什麼後來會跑去當必須面對鏡頭的網紅。你呢？」

「我神經很大條啊，你看你們上次來我還亂搭話就知道。」

「從亂搭話變成和我們聊起來，你神經的確是夠大條。不過我問的是你喝啤酒還是調酒？」

「調酒，啤酒會害我胃脹氣。」

「我也是，但我還是照喝，那是我工作前的儀式感，我會因此感覺到安心。」

把啤酒當成心頭好的網紅在公開場合卻從不喝啤酒，可能因為她是美食評論家、廚藝老師而且還是從法國藍帶學院學成歸國的那種，並且她還有侍酒師執照、咖啡師證照就是連茶藝師證照也是有的，而之所以沒有調酒證照純粹是當時她的頻道走紅所以忙到沒空去上課考證。

「還好是這樣，不過我看妳會接著一路跑去考花藝師證照。有這個東西嗎？」

「不知道。」她沒好氣的說，本來是想瞪我的表情，結果卻嘴角失守的笑了出來，嘴角失守的網紅說：「其實正規的日料店是不會賣調酒的。」

「我知道，」

通常日料店裡會是high ball調酒，或者清酒的變形，並且吧檯後面會是一整面的威士忌牆，響17啊什麼的，光是那牆上一整排酒加起來就成本百來萬，可是那又怎樣？我就資金不夠啊。

「那又怎樣？」

「呵。」這次是真的包含笑意的呵，「天啊，我真的是受夠這些規矩以及因為我是這方面的專家所以就必須要這樣那樣的形象維持扮演一個他們認為我應該是的人設，你知道每吃一道菜就要說出一個評論有多煩人嗎？我就不能好好的只是吃東西嗎？我是不是可以有一次吃完一道料理然後可以直接說我不知道沒有感想我就只是餓了想吃東西想要吃飽而已？媽的！」媽的，「再來一罐，然後我要吃海鮮粥。」

「沒問題，海鮮粥超級無敵適合美食專家吃，海鮮粥超級無敵適合慶祝成功離婚的夜晚吃。」

又是那個表情，明明想瞪我，卻嘴角失守了。

「我就覺得你知道我是誰。其實你大學才不是念護理系對吧？」

「欸，我餐飲系，而且我不只知道妳是誰，我還是妳的超級迷弟，我從大學就開始訂閱妳的頻道，我人生中的第一道菜還是看著妳的影片學的！」我說，並且試著不要因為太過興奮而高八度音，雖然我此生都沒想到自己居然有機會可以當著她的面把這些說出來，喔，天啊，我好想尖叫。我為什麼突然有種想要哭泣的衝動？

我有忍住沒尖叫也沒有哭，而且我很冷靜的想了想，很猶豫接下來的話當說不當說？每次遇到這種情形的時候，我都會乾脆讓對方選擇，於是我問她：

「有句話我不曉得該不該說……」

「又是這句話，然後還要先買單對吧？」

喔，好，她不但早就知道我是她頻道的忠實觀眾，而且她還把我說過的話給記住了，甚至她居然還可以算是一個有幽默感的女人，我好驚訝。

我說：

「抱歉我們不知道妳那時候很低潮正在辦離婚。妳的頻道和粉專都沒有提，所以……」

她擺擺手，嘆了口氣，把手中的啤酒一飲而盡，我見狀趕緊再遞上一罐，同時有點心痛的告訴她：

「我看妳別買單了，今天本店請客。」

「喔？」

「嗯！」

嗯。

煮粥，上桌，就這麼讓她安靜吃粥搭配幾碟小菜，而我招呼其他客人忙進忙出好一陣子之後，吧檯上的話題才又繼續：

「是因為他嗎？」

「誰？」

那是不會說謊不會裝傻的臉，她的臉，每個表情每個心情都寫在臉上的這女人。以一位資深迷弟的身分，我告訴她：

「你們合拍的那支影片，妳笑得好開心，以及後來粉專上釋出的側拍花絮照片也是，妳每張照片都在笑，笑得好開心，和妳一向的拍片風格落差好大。妳以前從來沒有那樣笑過。」

她此刻沒有笑，她此刻沉默著，她沉默了好一會兒之後，才慢慢的說：

「他不是我離婚的原因，但是他的確是那一陣子的我，唯一遇見的好事。」

那陣子她與其說是諸事不順，倒不如直接說是墜入地獄，首先是頻道的觸及率和點閱數都明顯下降，這沒什麼，都紅這麼多年也是早已經足夠，雖然心底是這麼自我安慰著也早早就做足心理準備，然而真正面對的時候心情卻還是會受到影響，還是有差，她從以前就是不怎麼在鏡頭前笑的高冷型，她在之後更是完全不笑了；還有健康也是出了點問題，先是被診斷出胰臟癌，於是換了家醫院再複檢時卻又判讀報告認為只是胰臟發炎指數過高，結論是只需要定期追蹤就可以。

「所以我是應該相信誰？第一家醫院還是第二家醫院？」

「第三家醫院。」我告訴她，然後問：「妳有去第三家醫院再檢查一次嗎？」

她沒有，她就是覺得受夠了那三個月左右的反覆檢查進出醫院乾等報告的心理煎熬，她當時並沒有很想要堅持活下去的興趣，她就是覺得活跟不活都沒差，差別就是生命準備給她哪一個？而她的婚姻也是，她的婚姻原本就千瘡百孔，而兩夫妻也早就走到不想再假裝彼此很好的地步，有時候就是連待在一個空間裡不小心對到彼此的視線時都還會感覺到尷尬呢，而之所以遲遲沒提離婚，那是因為兩夫妻都在等對方先提起或者先犯錯，賽局理論，囚犯困境，他們把婚姻走成了監獄。

他們都是高社經地位的人，他們都不想當那個主動提出離婚的壞人。

「在第一家醫院聽報告時我有稍微飄過這個念頭：如果我真的胰臟癌生命倒數了，那我還會想把時間浪費在這段婚姻裡和前夫待在一起嗎？天哪，光是這個念頭就足夠讓我感覺厭惡，而那三個月我甚至還都是自己跑醫院看報告，偽單身。」

「那？」

她搖搖頭，她還是沒有開口主動提離婚，不是害怕一個人生活或是財產清算什麼的，而是她想不透那所以離婚之後會比較好嗎？她覺得好像沒差：單身和偽單身？反正她早就習慣了自己一個人。

那所以真的有差嗎？

就是在這樣黯淡無光的人生困境中，她收到他的合作邀約，邀請她為他的線上課程合拍影片。

「他是菠蘿屋老闆介紹過來的，我以前就知道這個人，不過並不認識，也不知道這男的居然那麼直接，他很直接的表明在我之前還找過誰：網紅、明星和名媛，可是開價都很高，所以他現在找上我。」

而那實在是很奇妙的心理轉折，因為當下她應該要覺得自己被冒犯了，可是結果她卻很自在：啊，對，因為過氣了所以開價沒那麼高也是自然，其實把這當成自然現象接受就可以，就像花開花謝春去秋來一年四季，那所以她之前到底是在糾結什麼呢？

大概是這方面的釋然，因為那男人的直接和坦誠繼而產生的化學效應，這釋然；這是未曾謀面的男人帶給她的第一個感覺：釋然。

沒關係啊其實、所有的一切。

他們終於要見面了。

那是表定拍攝的那天，那天她起得很早事情很多還直接拉著行李箱到現場錄影因為她當天要飛去日本探望喜獲麟兒的妹妹；她始終記得第一次和他見面的感覺，他看到她的時候好像有點害羞，不太敢正眼和她講話。他當時的眼神是閃躲。

「可能是因為我不笑的時候看起來很難親近，但也有可能只是因為遲到。」

她解釋。

那天他遲到了好一會兒，因為他兒子半夜發燒而他整夜沒睡還一大清早帶著兒子開車奔波找醫院，沒想到那部在她頻道中幾乎可以說是唯一一部歡笑聲不斷的教學影片裡的兩個人其實拍攝當天都嚴重睡眠不足並且他們都還心底擱著家人。

以一個腦粉的角度，我很誠實的說：

「我看影片會以為你們認識很久了，影片中你們的默契很好互動自然甚至還非常好笑。你們一直在笑。」

「我也是看完剪出來的影片才知道，原來拍攝過程那麼快樂，我當時腦子裡裝太多事情了，都沒發現。」

她不記得拍片過程中她很快樂，但是她記得結束之後和他以及主辦方去吃午餐時的那當下那一刻那畫面那情意流動：他當時就坐在她的對面，眼神捉住她的視線，而她沒有移開，微笑還因此漾進眼底。

「有沒有一個明確的時刻呢？關於愛情是怎麼開始的？是不是應該有個明

確的時刻呢？」她開口說，彷彿自問自答著，「不曉得，我好久沒談戀愛了，我們。」

他們都在婚內失戀。

她找不出那個愛情開始的明確時刻，但她記得最初見面的那一天她還在覺得他很笨，午餐結束之後主辦人要他順路載她去機捷，在停車場裡他挺紳士的幫她把行李箱放到後座，他不知道哪來的靈感不把行李箱平放，就這樣整路上行李箱叩叩叩的撞擊著他車門。

「我那時候真的在想是哪個會先壞掉？他的賓士車門還是我的Rimowa？我當時簡直是忍著沒發脾氣。」

那是他們第一次獨處，那一次的車上獨處他們聊了很多聊得很深，本來只是各自談起各自異國的留學生活以及料理之路，可是怎麼知道車子都還沒開出台北，他們就已經聊到了心底深處的那些，婚姻哪、事業哪、人生哪、寂寞哪……

他們沒料到話題會爆衝，往他倆的心底深處橫衝直撞，衝撞出火花。他們都想不起來最後一次這麼和人聊天是多久以前的事情了。

成人的世界太無聊了，那麼多的防備和計算，可是在那當下，那車上，他們自然而然的忘記這些和那些。

他找她聊天，算準她的候機時間，找藉口說怕她無聊於是他想要講幾個笑話給她聽。她配合的笑笑，然後問他兒子現在好一點沒有？

她於是驚訝的發現：其實他不太會追女生。

她不覺得那是她心動的瞬間，那他呢？會不會其實他對每個女生都這樣？是不是其實他披著好爸爸好先生的外表下根本就是個玩咖？

他不是。

她後來才知道。

他最後一次追的女生是他太太，而其實那次，他沒怎麼追。他的確不是很會追女生。他不需要。

「他有追到妳嗎？」

「他不用追。」

她說。

他們開始變熟，成為朋友，相互了解，而不再只是業務上的關係，不再只是工作上認識的朋友，因為合拍線上課程的緣由他們有很多相處的機會，拍片跑通告或者去別的網紅的頻道之類，他們越來越了解彼此，已經不再只是一見如故可以解釋的默契程度，他知道她什麼時候會突然緊張理智當機尋求支援出手相救，他甚至有一次在錄影途中喊了她本名為的是把她帶回理智現場；她知道他什麼時候會太過較真於是開口圓場，那已經不只是默契，那是顯而易見的火花，他會在錄影現場對她真性情，她會在錄影現場對他很依賴。

他們是那麼的天作之合，卻又那麼不應該。不道德。

她已經很久沒有過那種感覺：原來她是可以求救的，原來是有人會接住她，原來她可以不用凡事都只剩下自己。而他呢？原來他是可以不設防的。

火

花

「所以究竟有沒有一個明確的時刻？當愛情來的時候。」

「嗯。」

那是個錄影現場，所有人各司其職忙碌著前置作業中，當時他靠她太近，而她也沒想移開，她安安靜靜的把頭低下，安安靜靜的凝望他那雙好看的手。

就這樣。

明

確

年輕時愛情裡的遺憾是相愛時間的錯過，人到中年遺憾反而變成是沒能讓愛止步，他們都太知道婚姻也太知道愛情，他們都知道在婚姻和愛情裡有些人只是條件對了，而有些人則是把心給了；他們都知道沒有止步的代價是什麼：他有年幼的兒子和年輕的妻子，他放不下，而她有流量，她吃的是公眾財，她知道那代表什麼，她知道自己被期待成為什麼樣子。

大人不可能什麼都要。

寂

寞

這是大人世界裡的寂寞：和條件對的人生活著，和把心給了的人錯過著。

「於是我才知道原來離婚和外遇很像，都是在等誰先跨出那一步。」

她忘不了每次他說：「妳太晚認識我了。」這句話時她的心就會抽痛一次，可他偏偏就很愛說，說得像是句提醒。

太

晚

也忘不了他們最後一次見面的那晚，在餐酒館裡原是要他擔任安全駕駛送她回家，然而他卻伸手拿起了紅酒杯；並且問，他終於開口問：

「我還不夠厚臉皮嗎？」

他眼神筆直地脆弱地凝望進她眼底、心裡。她甚至忘不了他的笑聲，他有各種笑聲哪、這個曾經走進她心底的男人，在鏡頭前的社交笑聲，在社交場合的低沉笑聲，以及：

「他真心笑起來的時候很像在打嗝，每次聽到他那樣子笑的時候，我都會忍不住也跟著笑。」

她笑了起來，我安靜的等著她笑完。

那個曾經走進她心底的男人，那個曾經讓她如此快樂的男人，那個他們終究沒有在一起的男人。

我問她：

「我其實聽不太懂，妳都跨出那一步主動提離婚，那為什麼對於他卻止步？」

「我沒有成為匪類的勇氣。」

我沒有成為匪類的勇氣，她說。

我本來以為她會像菠蘿屋老闆那樣坐在吧檯前哭泣，可是她沒有，結果她只是把啤酒喝乾，說了聲謝謝招待，然後起身離開，這樣而已。

在她離開的兩個小時之後，我看見她在IG上的貼文：

吧檯左邊數過來第二個位子很好坐
老闆很好聊
當他說起有個觀察不知道該說不該說的時候
記得先買單
然後請他說

#暈船日料
#無菜單料理
#也有賣調酒
#海鮮粥很好吃

那篇貼文的讚數和回應都好猛烈，而我只是在想：她是什麼時候拍的那張我的側臉照片？

感謝招待，我心想，明天記得要多備料。

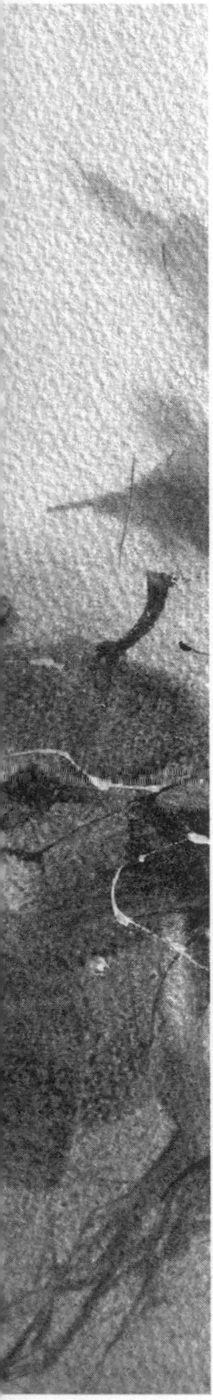

第三章 — 這樣算是匪類嗎？

Love.

One Way or

Another.

Dear

他其實沒那麼喜歡妳？

不

他是根本就沒有要喜歡妳。

那個訂位訊息一看就是網紅的粉絲慕名而來，他在備註裡指定要兩份包含海鮮粥在內的無菜單料理，可以的話請幫他們保留左邊數過來第二個位子，而訂位的時間是一開店的六點鐘；六點整，兩個高個子男生打開店門走進來，他們一個胖的一個瘦的，我猜訂位的是那個胖的，因為他一屁股就坐在指定的位子上，邊嚼著我首先遞上的烤毛豆、他邊問：

「店名為什麼叫作暈船？」

「因為之前有個日本女生來店裡用餐，然後她就暈船了。」

「這裡嗎？」

「不是，在我之前工作的日料店，後來我存夠錢才自己獨立出來開了這家店，為了紀念她所以就把店名取作暈船。」

「你們分手了喔？」

「沒有，」我沒好氣的說，說不準還翻了個白眼呢，「我們根本都還來不及開始然後疫情就這樣三年，」三年哪！我們寶貴的三年青春哪，「不過今年秋天她會來找我。」

「你不去找她？」

「我要開店，又沒時間。」

我說，而突然的，始終保持沉默的那個瘦子開口問：

「所以她跟你講中文？」

「沒有，我跟她講日文，我大學日文系。」

「喔。」

在端上炙燒握壽司的同時，我問他們：

「要喝點什麼嗎？」

於是他們開始研究酒單，胖的那個想知道網紅來這裡通常都喝什麼？他想要跟偶像來杯一樣的；我沒有告訴他網紅私底下喜歡喝啤酒，她其實是面對鏡頭會很容易緊張的個性，她最近開始習慣了獨自一個人生活，她昨天告訴我已經預約好第三家醫院，而有人會陪她去。她最近笑容變多了。

「黑色風暴吧。」

我推薦他們。

這是一款以深色萊姆酒為基酒加上薑汁汽水的超冷門但是口感超爽快的調酒，源自於英國的黑色風暴其實是有限定只能用gosling's的black seal陳年蘭姆酒和stormy薑汁啤酒，在店裡我也是乖乖遵守這規矩，不過在家裡我可就不管啦。

「這是我前女友的心頭好，以前她總是要我調這個給她喝。」

「怎麼分手的？」

「她是個匪類啊簡直，老是在偷東西啊。」

老是從她工作的店裡順走東西不說，連逛街也是啊，那一次我們在新光三越逛飾品櫃，我真的沒看到她什麼時候拿的，總之她試戴個項鍊之後就弄丟了不見，店員本來還客客氣氣的請她找出來，而她也一直矢口否認沒有看見，最後是店員聲稱要報警了，她才終於拿出她的化妝包，那是個手機大小的小小化妝包哪，結果我們就這麼眼睜睜看著她從那個手機大小的化妝包倒出一條兩千塊錢的項鍊。

「然後她照樣可以氣定神閒的在那邊講：啊原來是不小心掉進去了，我就請問包包那麼小、項鍊那麼大，是要怎麼不小心掉進去？」

「結果怎麼辦？」吧檯側邊聽到哈哈大笑的女生問。

「我就只好幫她結帳啦，」真的很受不了，我絕對翻白眼了，「我們交往的那兩年哪，我總是在幫她各種名義上的結帳啊。」

「她是不是長得很正？」那個女生又問，而我尷尬的點頭，於是她說：

「你根本就是三觀跟著五官走嘛老闆。」

「有時候是身材嘍。」

「我是聲音。」

那個女生的朋友說，而胖的這個則：

「我專看男人的胸，我喜歡平平的好躺的胸膛。」

「你是?!」

我和女客異口同聲，而他點頭：

「對我是，我知道我看起來不像，不過所謂的男同志就一定要有個標準長相是嗎？」

「沒有！」

我們異口同聲，趕緊的。

「我看的是腿，女人的腿很重要。」

大桌子那邊有人搭腔，就這樣全店大開聊，話題從各自的理想型重點到種種奇形怪狀的前任們，氣氛開始變得很歡樂，簡直就可以直接we are the world的大合唱；趁著這歡樂的好氣氛，我問大家：

「再喝一杯嗎？各位？」

大家都要再一杯，太棒了我愛死了，今天的營業額超級嗨。

就這樣滿場倒酒敬酒之後，回到吧檯時兩個高個子已經和那個女生聊開來，此刻兩個男生正在滑開手機翻看他們剛拍好的閨蜜寫真，寫真裡有三女二男，男士們穿著剪裁合身的銀灰色西裝，因為他們兩個人夠高腿夠長，所以很有韓流男星的架勢，而女士們則穿著同色系的小禮服紗裙，每個人都妝髮齊全笑容洋溢，照片裡的他們很像可愛版的披頭四，不知道為什麼我直覺聯想到披頭四，或許是因為那張他們四個人穿越斑馬線的照片？

而那個女生則是指著那張他們五個疊在一起的照片，說：

「你們好像日月潭九蛙喔。」

一陣歡笑。還真有像。

乾

杯

乾杯之後那個胖的開始說起他們五個是高中同學，算起來也認識十年超過嘍，也忘記是哪一年的他們突然意識到世事難料而友誼其實難以長存並且人有生就有死的這個既定現實，於是他們給自己取了三五七九看誰先走的這個群組名稱，並且約定好三十五十七十九十歲那年都要聚在一起拍閨蜜婚紗。而今年是他們第一次拍照。

「你們有想過誰會先走嗎？」

我問，而胖的那個說：

「我吧，我太胖了，而且才三十歲就有高血壓。」

「我覺得是我，我不是每一次都有戴套子。」

那個瘦的突如其來的這句真心告白讓我們都聽得不知所措，才想著要不要順勢問他們續酒以化解尷尬時，那個女生先開口：

「你是怕熱喔？」

一陣歡笑。

然而，無視於那個女生明顯想要轉移話題的意圖，瘦的那個還在繼續解釋：

「有時候就很臨時起意，或者女生跟我說是安全期……」

好，他喝醉了，說多了，沒事，我來問：

「再來一杯嗎各位？」

「我要。」

胖的說，而瘦的則：

「我今天也沒帶保險套出門。」

「你是在跟我說還是跟他講？」

那個女生指著自己和胖子問，而瘦的才終於醉醉的意識過來：

「抱歉，我好像喝多了在胡言亂語。」

「沒關係。」

沒關係。

我遞給那個瘦的一杯熱茶，他慢慢的喝了起來，轉身我給吧檯側面的她們準備海膽山藥細麵，一邊心滿意足的吃著，一邊那個女生突然又把話題拉回閨蜜寫真，她對著那個胖的說：

「我才不相信那種東西咧。」

「嗯？」

「純友誼啊，沒有那種東西。」那個女生篤定的說：「異性之間沒有，同性之間也是。」

「我很確定我跟女生朋友之間是有。」胖子說，而我們一陣笑，然後他把問題丟給我：「老闆，你覺得呢？」

我覺得這事因人而異或者就單純有時候缺少那麼一個剛剛好的時刻，但是我才不要誠實講咧。我四兩撥千斤：

「這是個靈魂的拷問。」

「這樣算是匪類嗎？」

突然的，那個瘦子又開口說，我趕緊給他添上第二杯熱茶，他道過謝接過茶，捧著沒喝繼續說：他和那個胖的是彼此此生認識最久的朋友，兩個人從國中一路同班到高中。

「我看過他還沒發胖的樣子。」

「對啦，而且那時候我還以為自己喜歡的是女生。」

「那你剛剛還說很確定跟女生之間有純友誼！」

那個女生抗議，而胖子曖昧的往回憶裡笑笑，他笑著說：

「我剛剛忘記自己曾經年幼無知過。」

「男人的嘴！」

「馬桶的水。」

一陣嘻笑。

當時還沒發胖的胖子和那個喜歡的女孩會一起看漫畫以及交換日記，情愫就此滋長，他們相約溜直排輪，他發現女孩只會往前不會剎車，就這麼他一頭熱的跑去她前面當人肉沙包，喔浪漫死，那簡直是加個配樂就可以直接變成電影的畫面。

「而且我還在園遊會請司儀公開告白，結果告白失敗被公開拒絕。」

「你那時候哭得好慘。」

那是他第一次體會失戀的滋味第一次喝啤酒以及喝醉。

「沒想到我曾經是兩罐啤酒就會醉倒的體質啊。」

「第一次都很快啦。」

「喂！」

胖子開始和那個女生一陣嬉鬧嘴炮，而瘦子則默默的說：

「而且他還吐了，我就只好幫他擦地板，很噁心，而且好臭。」

「不是吧？我以為我是吐在別人的機車上？」

「沒有，那是另一次，那次你吐完我們就趕快拖著你跑掉，真的不想被發現然後被叫去洗車。」

一陣笑，吧檯兩側的她們和他們，笑著舉杯。

乾

杯

這樣算是匪類嗎？

那個瘦的繼續說。大學時他認識了他們，他的另一組五人幫，而這次是二女三男的組合，學姐學妹和他們三個男生，這次的五人幫並沒有維持很久甚至沒有維持到他們畢業；首先是學妹交了男朋友之後就這樣逐漸淡出他們的聚會，接著是學姐畢業之後和其中某人的金錢糾紛。他們兩個那時候鬧得好僵，甚至學姐還一度要提出告訴。

「我不知道男女之間有沒有純友誼，但是我知道朋友之間沒有純借貸。」

我說，然後得到他們的一陣靜默。

「來吧，同意的就乾杯。」

吧檯兩側的他們都舉杯乾杯。

總之就這樣變成三人幫，三人幫的感情有好好的維持到他們畢業之後還延續，期間他們各自戀愛各自分手他們見過彼此的幾個男朋友和女朋友，他們約定好若是結婚的話要擔任彼此婚禮總招待，他們三個的人感情曾經好成這樣。

他們都一致以為會是瘦子先結婚，畢竟他高高的帥帥的個性溫溫吞吞，很標準的女生會喜歡的大眾款，還老少咸宜男女通吃呢。

然而先結婚的是他同學，他和學姐也確實盡心盡力忙進忙出、簡直是當成自己的婚禮在參與，婚禮那天他當總招待而學姐是婚禮主持人，她主持得極好極歡樂而他穿上西裝極帥，那天很多人告訴他這句話，所以當學姐也如此對他說的時候，他完全沒有特別往心底去。

他以為那就只是眾多重複話語裡的其中一句。

這樣算是匪類嗎？

學姐單身了很久，而他則繼續在情海浮沉，提分手或被分手，漸漸地，他們兩個開始越走越近、在他每一段感情的空白期裡，他慢慢開始感覺到厭倦、對於男女之間交往之前的曖昧試探或攻防，他決心先緩一陣子，隨遇而安隨緣隨順；就是在那段長長的空白期裡面，他幾乎休假日都和學姐待在一起，他們會一起吃飯逛街看電影和旅行，他沒意識到這些行程其實有一點點像情侶之間的約會，他一直就不是那種細心型的男人，他只是覺得和學姐相處很自在很放鬆。

「我們也經常一起吃飯喝酒打遊戲啊。」

他對著胖子說，感覺像是在徵求一點點支持的力量，他當下的神情好無辜，無辜得像隻小奶狗，明明就把妳咬傷了，還讓妳自我安慰那只是puppy bite不會痛。

胖子幫他喊來一杯啤酒，然後說：

「我那時候就跟你講，睡同一張床太離譜了，女生一定覺得可以怎樣才會跟你睡同一張床。」

「什麼睡同一張床？」

那個女生問，而胖子聲音小小的說：

「他們出去旅行，然後兩個人睡同一張床。」

「又不是只有我們兩個人！」瘦子急急忙忙的解釋，貌似真的很委屈：「她就說把我當成親弟弟啊，還說她對弟弟型的男生完全沒興趣啊，而且我們家出去旅行訂四人房，也是我跟我姊睡一張床啊。」

一陣靜默，再一次。

是那種連迴紋針掉到地板上都能清楚聽到迴音的靜默之後，我清了清喉嚨，說：

「有個問題，我不知該問不該問？」

我說，而胖子看著我，那表情彷彿他等了整晚就為了等我說出這句話。

「要先結帳嗎現在？」

「如果方便的話。」

他們和她們都紛紛結帳之後，那個瘦的開口：

「請說。」

「都睡一起了，你不怕萬一有反應會很尷尬嗎？我不是指你跟你親姊姊。」

「我知道，」沉默了一會，他無奈的說：「但是我對她真的沒反應，我真的只是把她當成親姊姊，沒有血緣關係的親姊姊。」

這樣算是匪類嗎？

他有反應的是學姐帶來的朋友，無論是生理上、心理上或者是情感上，他已經很久沒有過那種感覺了，當那個女孩推開店的大門走進他的視線的那個瞬間那當下，他的世界真的就此靜止了。

暈船。

那是他們第一次見面的，而如今他已經回想不起來為何學姐當初要介紹他們兩個人認識？是不是那天他們兩個都剛好分別約了學姐見面於是就索性三個人一起見個面喝咖啡？

「我相信後來她有說過，但是我完全想不起來，和她在一起的時候我好像總是在失憶，總是覺得時間過得好快。」他笑了笑，甜甜的，他繼續說：「我只記得當我看著她遠遠朝我們走來的時候，我就知道要出事了。」

他那天下午變得好安靜，是不是因為這樣所以他們都以為他對那個女孩完全沒有興趣？他好奇過，但沒問過。他不是那種碎嘴的男人。

這樣算是匪類嗎？

他被找去當司機，在女孩生日的那天，那天女孩約了學姐陪她去宜蘭慶生旅行，而學姐則順道約他一起：

「叫我學弟開車，省得我們還要搭客運。」

他說沒有問題，但他很好奇該怎麼過夜？在此之前他也不是沒有跟女生朋友們旅行同房過夜的經驗，不，他毫不介意這種事情，他一直就是那會輕易被女生當成好朋友的個性，可是這一次，不曉得怎麼搞的，他就是開始介意了。

要出事了，真的。

「我們訂雙人房加床就好啦，還是你不要睡加床那就訂四人房。」

學姐大方的說，而他只好自已指出重點：

「我們又不熟，她會同意和不熟的男生睡同一間房嗎？」

「應該不介意吧？我晚點來問她。」

他於是才開始遲遲的意識到學姐這一向自作主張的個性，無論是對他，或者是她。他開始介意。

這樣算是匪類嗎？

那次的旅行氣氛很好很愉快，他們都是熱愛旅行的人，也開始發現彼此很聊得來，節奏啊喜好啊價值觀啊什麼的都極契合，他們的契合太明顯，明顯到副駕駛座上的學姐開始不安，那天晚上學姐藉口女孩睡品不好翻來覆去吵到她睡不著覺，就這樣問也沒問的直接鑽進他的床。

「我們經常這樣一起睡，他就像是我親弟弟。」

學姐解釋，而那個女孩沒說什麼。

回去之後他們開了一個三人群組，本來的目的是交換旅行的照片，但結果三人群組每天聊個不停，熱鬧無比；他們之後又約了幾次旅行，但不再三個人睡同一間房。

「她說她不喜歡這樣，大家都成年人了，又不是學生時代為了省錢合宿的單純無邪。」

「嗯。」

這樣算是匪類嗎？

學姐開始感到不對勁，她的不安在飄，她的嫉妒在燒，她還是坐在副駕駛座上的位子，但卻逐漸開始淡出他們的話題；她漸漸酸言酸語、當他們在群組裡聊著各自的狗聊到學姐插不進話時，她酸言酸語；他們在聚餐時聊起各自的外甥聊著那些小孩子們的可愛可惡和可笑時，她酸言酸語：

「好好喔，你們都有外甥。」

諸如此類，讓氣氛冷掉。

而那實在是很詭異的畫面，無論是在群組裡，以及後來的通話。那次他們兩個約了去看展覽，因為學姐的時間配合不上所以他倆就自己先去這樣，當晚他們在群組裡聊起提及時，學姐直接從酸言酸語進化成為齜牙咧嘴。

他們居然自己先去？她氣壞了，感覺自己被雙雙背叛，以及辜負。

學姐在群組裡質疑他們的不知羞恥毫無道義，讓原本熱烈的對話串就此尷尬的冷掉，隨後學姐打電話給他，質問他們是不是背著自己在偷偷交往？他覺得莫名其妙，而她繼續在電話裡大吼大叫大吵大鬧。

他沒看過學姐的這一面，他純粹覺得莫名其妙，他說，他真的這樣說：

「我又還沒追到她。」

學姐整個炸開來。

這樣算是匪類嗎？

他開始感覺到危險，從學姐在臉書上情緒化的發言，那字裡行間的不雅字眼每每總是讓他擔心著學姐會試圖傷害那個女孩，他甚至開始害怕學姐會突然出現在他家巷口，或女孩家巷口；所幸女孩雖然看似外表柔弱但實則內心堅強，女孩刪除學姐的好友並且徹底將之封鎖，最後在她退群之前留下一句：妳愛不到他，甘我屁事？他從頭到尾就沒有要喜歡妳。」

「好嗆。」

「嗯。」瘦子點頭，然後說：「我真的不知道學姐從什麼時候開始把自己當成我的女朋友，學姐覺得自己是受害者，她是第三者，而我是負心漢。我真的不知道她在演哪一齣。」

我真的不知道她在演哪一齣。瘦子說，然後抬起頭，用他那小奶狗般無辜的眼神看著我，問：

「所以老闆，我這樣算是匪類嗎？」

「我覺得不是，」我告訴他：「我覺得你學姐才是匪類。」

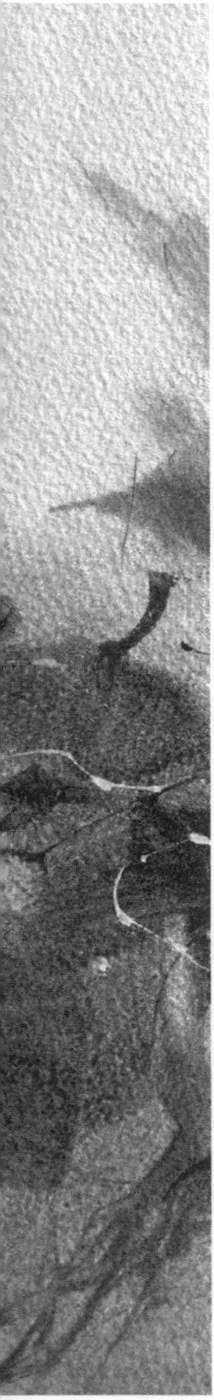

第四章 — 陪你到最後

Love.

One Way or

Another.

Dear

在被妳遺忘的過去

一定也有他為妳奮不顧身的時刻。

時間是開店前半小時，當那個小個子女生推開店的木頭大門走進來的時候我整個人嚇了一跳，很害怕是前女友又跑來找我。

「妳嚇到我了。」

左手按住心臟、我告訴她，天啊，我都覺得自己被嚇到踮起腳尖了。而她連聲道歉，為自己沒注意到開店時間道歉，也為自己提早到來道歉，她怯生生的徵求我的同意：

「還是我半小時後再過來？」

「沒事，請坐，我都準備好了，只是在擦杯子等開店而已。先喝點什麼嗎？」

「呃，我不能喝酒，會起酒疹。請問有可爾必思嗎？」

好，她不是網紅的粉絲，雖然她也直接挑了吧檯前左邊數過來的第二張椅子坐下，而且很明顯的是有特地用眼神數過確認過；我問她沙瓦可以嗎？她說可以，而我開了罐啤酒給自己壓壓驚。我告訴她：

「我剛剛還以為妳是我的前女友，還差點嚇到報警。」

「你們怎麼了嗎？」

「我跟她約定好她真的不能再到我店裡來了。」

我說，然後開始告訴小個子女生、昨天差不多這時間突然有人推開店的木頭大門，本來我還心想不是吧今天這麼早就有客人來？結果真不是，結果是我的前女友，我知道那麼做很沒禮貌而我一向也不是沒禮貌的人，不過反正當下我就是沒禮貌的脫口而出：

「妳來幹嘛？」

「求復合？」

小個子女生搭腔，而我搖頭：

「我本來以為她是來周轉，畢竟她因為偷竊癖和背信罪和其他等等的案件而官司纏身中。」

結果前女友不是來周轉，前女友是專程來送我一組禮盒。我拿出那組不鏽鋼製的餐具禮盒給小個子女生看，包裝外盒上還清清楚楚貼著售價三千兩百八。

「還有這個調酒器，四千。」我放下手中的調酒器，嘆了一口氣，很深很長的嘆氣：「總共將近八千塊的東西啊，她就這樣專程拿來送我，妳覺得她是有什麼意圖嗎？」

「周轉？」

小個子女生學聰明了，然而我還是搖頭：

「如果是這麼合理就好了，可是她偏偏就不是個合理的女人，她偏偏把禮物放了和我聊幾句就走人，好像她真的只是突然想起我真的只是專程過來看看我而已，而我居然還沒有念在舊情調一杯黑色風暴請她喝，反而是在她離開之後活像個疑心病發作的老處女那樣開始檢查她這次又順走店裡什麼東西？可是想想我真心覺得不可能，因為從她走進來到走出去的短短幾分鐘，我都全程神經緊繃的盯著她的手啊。」

「結果她有順走東西嗎？」

「有。」

結果她順走我店門口開幕時師母送的那盆鹿角蕨，也還好啦，一盆差不多市價十萬而已啦、媽的，只是說她到底順走鹿角蕨幹嘛啊？究竟哪來的創意呢？氣死。

「我真的……」我真的哭笑不得說不下去，再一次深深的嘆息，我問小個子女生：「說吧，妳也是網紅的粉絲？看了IG貼文來的？」

她聽不懂我在說什麼，也並不知道網紅是誰，她是完全不下廚的人，所以她網路的大數據不會推播網紅的視頻也是自然，她解釋：不過她的確是某人的粉絲慕名而來，而這次換成是我聽不懂她在說什麼？她說了一個女作家的筆名，我沒聽過。她乾脆拿出手機點開女作家的粉絲專頁，我於是看著我的店在她的文章中被如此描述：

不知道是那裡磁場很好還是氣氛輕鬆抑或老闆好聊，總之那是個擁有奇異魅力的一家店，會讓人把擱在心底很深很久的壓得自己喘不過氣來的這些那些，在店裡對著老闆輕易說出來；甚至更多的時候是不經意說之後才驚覺自己怎麼居然說出口了，那種感覺很像是靈魂被掏出來重新洗滌過一遍，重生。

我自己就見證過一次。

聽說是要坐在吧檯前從左數過來的第二張椅子，點最高單價的無菜單料理，或許我下次也會去試看看靈魂被洗滌滋味，雖然我討厭海膽山藥細麵。

那種，鼓起勇氣走進店裡去把擱在心底很久的事情說了放在那裡，然後轉身離開的感覺。

真的很想知道那是什麼感覺。

說了放在那裡，然後轉身離開。

我定定的看著文章裡的這幾個字，開口，我聽見自己說：

「好吧，誰叫我大學念的是心理諮商系，」把視線轉向小個子女生，我問她：「妳想把什麼心事寄放在這裡？」

「妥瑞氏症。」

她毫不猶豫的說。

雖然現在已經痊癒而且後來的同學、朋友們也並不知道曾經有過這件事情，不過那的確曾經帶給年幼的她極大的痛苦。

第一次發現自己不太對勁是國小時的才藝表演，是音樂課嗎？她自言自語著但是不太能夠確定，她只記得當時的她們兩個人一組上台表演時，自己一時不自覺的做出怪表情發出怪聲音，當時台下的同學們還以為她是故意在搞笑還被逗得哈哈大笑，可是她停不下來那些擠眉弄眼和怪聲音，這讓老師很不高興。

「我不知道老師在說什麼，也不知道自己一直在做怪表情發怪聲音，我那時候真的不知道自己在那麼做幹嘛要那麼做？但是我很清楚的感覺到自己正在被老師討厭。」

回家後她把這件事情告訴從小就相當疼愛他們兄妹倆的小姑姑，結果小姑姑立刻帶她去看耳鼻喉科，當時他們一心以為是支氣管發炎。

「那年代大家還不知道妥瑞氏症是什麼。」

「那是確實，我也是這幾年看那部印度電影還有那位愛狗的漂亮女明星現身說法才稍微略知一二，但實際上是怎樣，還是不太清楚。」

「還有偶爾的社會新聞。」

「嗯，還有偶爾的社會新聞。」

然而在那個妥瑞氏症還並不被知道也並不被普遍理解的年代，她的確因此吃盡苦頭，那些不被理解那些誤會那些不諒解以及那些隨之而來的自尊掃地哪，就這樣全部灌在一位國小女生的身上；她很記得每次三代同堂一大家子聚在一起看電視時，她總是會不由自主的搖頭晃腦發出聲音，她不是故意的，也不知道自己是怎麼了。

「那時候小姑姑帶著我每科每科的看哪，最後我們連中醫針灸都嘗試了、只差沒去國術館。」

「聽起來是除了婦產科之外都看過一輪了？」

「欸、對。」

她笑了起來，淡淡的。她說：

「我小時候真心覺得我爸很討厭我，每當我妥瑞氏症發作的時候，他都會露出很不屑的表情看著我，好像我是個瑕疵品，而他怎麼會活該倒楣生到我。」

「喂，不要這樣說自己。」

「可是這是真的啊。」

可是這是真的啊，她眼眶泛紅，但是忍住沒哭，她堅強的繼續說：

「在那個時候，一整個生病的時期，那些所有和我住在一起的大人們，只有我的爺爺會叫我好好休息一下或者去喝一杯水，不要一直發出那種聲音，而我的叔叔則是會直接問我真的不是故意搗亂發出聲音？」

至於她父親更過分，直接問她是不是吃到大便否則為什麼要發出那種難聽的聲音？然後她還得忍住不能哭。

「我奶奶和我哥一句話也沒說，無論是好的或壞的，我想，那如果不是置身事外的話，就是一種體貼吧。」

我告訴她我覺得是後者。

直到現在她都還記得那些感覺，她永遠忘不了父親當時的眼神和口氣，好像她是個噁心的東西而不是他的小孩，他們完全沒有想過她的感受，那些大人哪，就只是覺得她很煩、很丟臉、只想叫她閉嘴不要再發出怪聲音了，那時候小小的她真心感覺到無助和絕望。

「現在我回想起來仍然會想要掉眼淚。」

「沒事了啦。」

「我知道啦。」

「所以那個會痊癒喔？」

「會啊。」

「那是要看哪一科？」

「神經內科。」

「喔。」

還想說些什麼的時候，有人推開大門走進來，這才發現我們居然聊到忘記時間，就這麼招呼客人入座並且送上茶水點好餐之後，我轉頭告訴她：

「我居然一直忘記問妳要吃什麼？再來一杯沙瓦嗎？我請妳。」

「不用了謝謝，再喝的話我會太撐，我想要吃——」

「老闆，我們今天七位！」

我們同時轉頭往門口看去，太棒了我愛死了，又是附近私立大學的那群教職員們偏偏選在今天選在此時上門，我是不是每次都有請他們人數多的時候要先提早訂位？然後咧？每次每次！是鋼鐵耳嗎這群教職員？

做了個深呼吸後，我擺出笑臉：

「老位子請坐喔，我等一下過去幫你們點餐喔。」

「我來吧。」小個子女生說，然後起身問：「菜單在這裡，茶杯呢？」

「呃，那裡。」

「好。」

一邊準備著第一組客人的餐點，一邊我驚訝的看著她俐落穿梭店裡並且活潑開朗的為大桌子旁的教職員們點餐，她的姿態靈活得完全看不出來她自己也是個初來乍到的客人。

「妳手腳很俐落啊。」

當她走回吧檯前回報點餐時，我忍不住讚嘆。

「我從小就習慣做這些啊。」

「妳家開餐廳？」

「小麵店而已。」

那是位於小小山城中的祖傳老麵店，那真的是整個鎮上只有一間全聯的小小山城哪、她出生且成長的那山中小鎮，連火車站也只有區間車停靠的那種，而他們家的麵店就在那小小火車站的附近。

「基本上你走出火車站就可以看到我家麵店了，在右邊的方向。」她開朗的說，然後幫我端菜上菜，我們各自一陣忙碌之後，她回到吧檯前再繼續剛才的話題：「你喜歡吃辣嗎？」

「喜歡啊。」

「我家的特製蒜蓉辣醬很好吃喔，是我爺爺的獨家祕方，有機會我送你一罐吃看看。」

「好啊。」

好啊。

那實在是非常奇妙的感覺，在那個奇異的夜晚，初次見面的她就這麼直接捲起袖子幫我招呼客人端盤收桌，而和她初次見面的我則是專注料理食材最後還放心的直接由她結帳，分明對於彼此而言都還只是陌生人而已，但為何卻已經熟悉得一見如故？

她對我唯一的了解是這家店以及我是個吃辣的人，喔，或許還有我的偷竊癖前女友，而我對她唯一的了解是她家的麵店在哪裡以及祖傳蒜蓉辣醬很好吃；我想起網紅也想起網紅的他想起他們兩人第一次見面就一見如故彷彿前世真的遇過彷彿因此自由心證前世確實存在，你沒有辦法舉證，你當然沒有辦法舉證，可也無從反駁。

原來是這種感覺。我心想，開口，本來我是想問她名字，但不知怎的，話到了嘴邊卻變成是：

「你們家的麵店也是這樣嗎？妳爸煮麵妳媽媽負責外場？還是反過來？」

她尷尬的看著我，沒回答。

「對不起。」

尷尬的氣氛沒延續多久就被一組又一組進門的客人打斷，我們依舊默契極佳的男主內女主外，就這麼慣性動作無法思考的忙碌直到送走最後一組客人時，我很驚訝的發現時間居然已經遠遠超過關店的十一點了。

「天啊，」我語帶抱歉：「我是不是一直沒讓妳吃晚餐？」

「沒關係，反正我本來就在減肥。」

「喔，妳很會安慰人。」我檢查著冰箱：「我們一起把剩下的食材吃掉如何？生魚片還剩滿多的，部分做成握壽司如何？妳要炙燒嗎？要不要來一點手捲？」

「好。」

「湯沒了，好可惜，那個蝦高湯我熬了整下午。我來煮海鮮粥如何？」

她說那樣很好，然後問我能不能喝一罐啤酒？

「妳不是會起酒疹？」

「你記性真好，」她扮了個鬼臉：「那只是獨身女子自我防護的說法，再說我本來是要騎 Youbike 去搭火車，不過現在看來我已經錯過最後一班區間車了。」

「我會把妳餵飽然後幫妳叫 Uber。還是妳要喝調酒？」

「啤酒就很好。」

「好。」

為什麼她一直讓我想起網紅？我怎麼了？

就這樣把鐵門拉下來，把燈關到只剩下吧檯之後，我利用剩下的食材很快的做出一盤生魚片、兩份炙燒握壽司、蝦手捲、威靈頓牛排、一個木盆裝的田園沙拉和海鮮粥以及下酒用的烤毛豆之後，我脫下圍裙走出來和她並肩坐在吧檯前開吃時，我說：

「原來是這種感覺。」

「嗯？」

「我開這家店快一年了，但是我自己從來沒有坐在吧檯前吃東西，前陣子有個網紅來過，她就坐在這個位子對我說了一些事情，是那種她從來沒有也絕對不可能告訴別人的心事，我是她的粉絲我先說，我一直以為她的人生很成功很幸福很令人羨慕，可是那天我才知道原來她不快樂，而且很久了。

「那天我請客，我從來沒有在店裡做過這種事情，我是個生意人，店租很貴食材總是在漲價所以小店基本上很難賺到錢，而且顯然她可不缺錢、我是說，她有錢到直接把我的店買下來都可以，可是那天不知道怎麼搞的，我就是很想請她吃那一頓晚餐，讓她知道、她其實不是一個人，她可以不用一直那麼厲害，她可以脆弱，放心的脆弱。」

「你其實是個滿溫柔的人吧。」

「有時候吧。我要再開一罐，妳要嗎？」

「好。」

兩罐啤酒，完食。

「早些時候你問我爸媽是不是也像這樣在店裡一起分工合作。」

「嗯。」

「沒有那種畫面，麵店是我爸和我叔經營的。」

「嗯？」

她爸媽很久以前就離婚了，久到她都不知道那是什麼時候，只記得小學開學是爸爸帶她去的，所以合理推測是在那之前吧？

「小時候我總是覺得我爸很討厭我，總是沒給過我好臉色看，我不但不敢跟他講話，就是連和他待在同一個空間都會覺得很可怕，我很記得國小國中的學費單我都得趁他洗澡的時候溜進去他房間放在他的衣服上面。」

「他會給嗎？」

「會啊，他不是那種不負責任的爸爸，他只是不知道為什麼很討厭我而已，但是他對我哥不會喔，所以有時候我會想，我真的會想是不是我害他和我媽離婚的？」

「不需要把自己想得這麼重要，他只是單純的重男輕女而已。」

「呵。」

乾

杯

「有一次吧，我不記得自己做錯什麼事情，就記得他要我脫掉褲子趴在床上讓他用藤條打屁股。」

「這個我也不懂，」我說，雖然有點解氣氛，但：「為什麼一定要脫褲子打屁股呢？小時候我阿嬤打我屁股也是這樣，總是先脫掉我的褲子，我真的長大後問過她喔：阿嬤，放屁不用脫褲子，那為什麼小時候妳打我都要脫褲子？妳猜我阿嬤怎麼說？」

她咯咯笑著搖頭。

「她說怕褲子破掉，那很浪費，她只是想要打小孩而已，並不打算重買一條褲子。」

更多更多的咯咯笑，我喜歡看她笑起來的樣子，她笑得眼睛瞇成了兩道迷人的彎月亮，我突然很想要調酒給她喝。

「要不要來杯調酒？因為啤酒已經被我們喝完了，當然旁邊的全家要多少有多少，不過我來調一杯黑色風暴給妳喝好嗎？那是我前女友的心頭好。」

「那個有偷竊癖的前女友？」

「那個有偷竊癖的前女友。」

兩杯黑色風暴，一盞吧檯昏黃的燈，在凌晨三點鐘，初次見面剛認識滿八個小時的毫無睏意的兩個人，我和她，男和女；而氣氛很對，於是我試探性的告訴她、在網路上看到的一則段子：

「現代人的一壘是上床，二壘交換IG，三壘才是談童年創傷。我們好像反過來了？」

要不要直奔一壘？我知道一家還滿不錯的汽旅離這裡不遠。

「那我大概是老派吧。」

「呵，加個IG好嗎？」

「好啊。」

要不要直奔一壘？我知道一家還滿不錯的汽旅離這裡不遠。

「要不要我們乾脆——」

「我想帶你去看星星。」

沒頭沒腦的、她說，而我則：

「吭？」

「我也不知道那時候怎麼會突然說出這句話？當我爸彌留的時候，我居然告訴他、我想帶他去看星星，一想到那或許是他在這人世聽到的最後一句話就覺得很奇妙，如果他當時還有力氣還有意識可以說話，大概反應就像你剛才那樣吧。」

「抱歉我，不知道妳爸過世了。」

「嗯，那幾年我們家走了好多人哪。」

她高中時爺爺和奶奶相繼過世，接著是她爸爸被診斷出腦癌，而令人悲傷的事實是，那反而是他們父女情感最好的時刻。

「可能是因為那時候我哥剛好去台中念大學，家裡就只剩下我和我爸，所以……」

狀況好的時候父親會接送她上下學，那是她從來沒有想過可以擁有的幸福時光；隨著父親生病、叔叔娶妻，麵店逐漸開始交接給叔叔和嬸嬸經營，於是空閒下來的父親也開始上早市買菜回家做些家常菜給女兒吃，在那幾年，父親總是習慣接完女兒下課後，利用女兒滑手機然後洗澡的空檔把晚餐煮好，接著就這樣坐在餐桌旁邊等女兒過來一起吃晚餐。

而她父親，是個廚藝精湛的男人。

「那感覺很怪，我們還是沒話聊，可是就那樣安靜的圍坐在餐桌旁邊一起吃飯，卻又感覺很親密，我……」

我摟了摟語帶哽咽的她。

「後來我小姑姑傳給我看她和我爸的對話截圖，我爸說，我爸……」

她父親跟妹妹坦承自己其實不敢跟女兒講話，很害怕女兒其實恨他，恨他小時候對她不好，可是他能怎麼說？說他那時候也不好過？所以當時最弱小的女兒就變成了他的出氣筒？他不敢說，他就只敢把對於女兒的虧欠煮成一道又一道的菜色，然後坐在餐桌旁邊，心滿意足的等著女兒吃飯，看著女兒吃飯。

像是贖罪，也像是遲來的愛。

那是他還算健康的時候，唯一能為女兒做的事情，以及他自己最快樂的時光。

「我爸最後住院的那陣子，我媽也有來看他，那是我小姑姑幫忙聯絡的，於是我才知道原來我小姑姑和她一直有聯絡，而其實我和我媽長得很像。」

於是她也才終於知道原來當初兩個大人談離婚時，母親曾經執意帶她走，理由是她還年幼還是需要媽媽照顧的年紀，而且兩個小孩一人一個不是剛剛好嗎？然而她父親不同意，死活不肯放手。

「那是我女兒，她既然跟我的姓，就得跟我住。」

她說著這段轉述聽來的話時，低頭，讓淚水潰堤，浸溼我的左肩。

「我就是這麼想吧，在被我遺忘的時候，一定也有他為我奮不顧身的時刻，而他或許這輩子都沒被怎麼好好對待過，也於是他這輩子都不知道該怎麼好好的去愛人。」

「他知道。」

「嗯？」

「妳爸知道該怎麼愛人，在他生命的最後，他好好的愛護了他的女兒，也好好的和他的前妻和解，這不是很容易的事情，可是妳爸做到了，在他生命的最後，在身體極不舒服的時刻。」

「……」

來吧，我的右肩還是乾的。

那個奇異的夜晚最後是以我們一起吃早餐作為句點。

我從來沒有想過會以這種方式和女生一起吃早餐，我的意思是，真的純喝酒，喝了一整夜的酒，還把我店裡的啤酒都喝光了。

而我，居然覺得其實這種感覺也還不錯。

我居然感覺更好。

最後我們沒叫Uber而是一起散步走去火車站，她的說法是想要散步醒酒，而我自己知道那是因為我想要延後結束見面的時間。捨不得結束。

開口，我試著說：

「關於辣椒醬……」

「嗯？」

「或許我下週一去你們的店找妳拿好嗎？我週一店休。」

「下週一我就在澳洲啦。」

「嗯？」

「我爸過世之後，我就申請澳洲打工遊學，我想看看這個世界，不想要像我爸那樣一輩子都待在那個小山城裡的小鎮麵店，而且簽證前幾天下來了，機票也預訂好了。」

「我失戀了。」

「不要亂講啦。」

沒有亂講啊。

當列車進站時，我告訴她：

「保持聯絡。」

「保持聯絡。」

「回台灣要找我，妳還欠我一罐蒜蓉辣椒。」

「好。」

好。

第五章 — 那些妳本來不相信的事

Love.

One Way or

Another.

Dear
愛是給予，
不是交換。

原來是她。

那次坐在吧檯側邊和兩個高個子男生聊起來的那個女生，原來她就是那個女作家，說我刻板印象吧我很願意道歉管他是要跟誰道歉，不過就女作家而言，她真的是笑得太豪邁了點，無論是那一次和那兩個高個子男生，又或者這一次和她朋友；我注意到這一次她選擇坐在吧檯前面左邊數過來第二張椅子上，還注意到她看著我的眼神陌生得就像是我們從未見過。

那位男士點了兩份第二高價位的無菜單料理，並且指明啤酒給小姐而他自己喝威士忌on the rock，那時候我還不知道她就是那位女作家，以為是明明就來過店裡而且還相談甚歡過但不知為何卻已經忘記了的熟客。那時候他們正在聊中午那場車商舉辦的VIP餐聚。她說：

「結果你開兩小時來回總共四小時的車程，為的就只是去拿一個帆布袋？真的是認識超過二十年的交情我才願意陪你這麼來回這一趟耶。」

「又不只是拿帆布袋，還有吃人蔘雞湯啊。」

「那個好難吃，那間餐廳好像沒搞懂韓式人蔘雞湯是什麼只是會寫這六個字然後就這樣寫進去菜單裡開始賣了起來，是那種程度的難吃。」

「妳又開始毒舌了，」他笑著說，然後問：「不是有在上身心課程嗎？」

而她撇了撇嘴安靜下來，把我遞上的涼拌小黃瓜清盤吃光。

「再來一盤？」

我問她，而她點頭，接著說她要上次那個烤毛豆。所以她不是在裝作沒見過我而只是因為她近視嗎？

「那個很好吃，非常下酒。」

她說，接著轉頭聽那位男士繼續表白自己對於帆布袋的喜愛：

「他們這次活動的帆布袋做得很好看，而且妳有說妳的那一個要給我！」

「有，我有記得，我就直接放在你車後座送你了，我不會去拿，這是今天中午之後我第八次跟你保證了、如果我沒記錯的話。」

「因為我真的很喜歡那個帆布袋，一個收藏一個使用，拿來裝平板很剛好！」

「你車後座，我不會拿，第九次。」

她說，然後是一陣豪爽的笑聲。

當他們把芥末攪進醬油碟、準備吃生魚片時，那位男士悶悶的問：

「妳真的對外稱呼我是慈母？」

「嗯，我本來當你是沒有血緣關係的哥哥，但是後來熟了之後發現你比較像是我媽，都好囉嗦，只不過你比較慈祥，所以……」

「……」

「……」

「妳知道如果不是因為我喜歡妳的文字，而且妳的小說又真的幫我們出版社賺過不少錢的話，我是經常很想要掐死妳的喔。」

「我知道啊。」

我知道啊，她說，而我則是驚訝的看著她，這才把眼前的她和粉絲專頁裡的照片聯想起來。

「所以妳是那個女作家？」

她看著我。

「妳幫我的店寫了那篇文章，然後真的有人因此找來！」

她還是看著我。

「而我正在給你們做海膽山藥細麵欸，然後其實妳並不吃這個？」

她笑了起來：

「又沒關係，他會吃啊。」

所以她不是裝作沒看過我，也不是近視，只是她看人的眼神一向很迷離而已？我很想問，但是我沒有問，我只是多做了一個干貝小卷米粉湯給她吃而已。

我繼續幫他們上菜，接著幫吧檯側邊的客人結帳，當那組顧客打開大門離開的時候，我們同時驚訝的聽見外面的豪大雨聲，看來今晚應該是不會再有客人上門了吧？也好，昨天好忙又天亮才睡，明年我也要三十歲了，真的是不好再這麼任性的使用身體了。

一邊這麼想著，一邊我又突然想起：啊啊，如果小個子女生是選擇今天才來的話就可以遇到她心儀的女作家了吧？也好，她如果是今天來的話，那麼我們或許就不會聊起來並且就那樣純喝酒到天亮還最終一起吃早餐了吧？

此刻的她正在三萬五千英尺的高空上飛行嗎？我是很想抬頭看看天空的，可是沒辦法，此刻雨太大了，所以我只是把店門口的植物們挪到牆邊躲雨而已。

我提醒自己記得告訴老師鹿角蕨被偷的事情。

此刻店裡只剩下我們三個人了，走回吧檯時我聽見他們正在聊著什麼困境，我聽見女作家說：

「你記得我四年前那本平行時空題材的小說嗎？都寫到兩萬四千字了當時，結果居然斷稿，斷在第五章，女主角就要回到平行時空的那瞬間；接著四年後的散文書也是斷在兩萬四千字，有夠邪門的真的是，你覺得我是不是有什麼兩萬四魔咒？還是其實我需要去祭改？」

「農曆七月不要亂講話啦。」

男士說，而我則不小心脫口而出：

「魔咒就是用來打破的啊。」

他們再次同時抬頭看著我。

「抱歉我大學念社工系，所以有時候會不小心多管閒事……」

「大學森林系也不錯啊。」

「妳說什麼？」

「你就是沒辦法決定好自己大學是念什麼系的是不是？」

我看著她，她也看回來，最後我們這場眼神的對峙是由她跟我追加一罐啤酒作為沒有輸贏的結束。

所以她上次來的時候我是自稱什麼系？可惡！想不起來。

回過神來，我聽見她繼續又說：

「欸，你們知道嗎？其實祭改可以算是一種心理治療欸。」

「吭？」

「真假？」

「嗯，我的老師說的，而觀落陰呢其實算是另類的催眠，只不過催眠是前世記憶的提取，繞過意識直接從潛意識在直覺以及深層記憶的部分提取記憶畫面，而觀落陰是聽從指令的想像，和做夢很像，醒著做夢吧、大概。」

「妳之前是不是有去催眠？」

男士問，而女作家點點頭。

我很好奇：

「所以催眠真的像電影演的那樣有躺椅和懷錶？還是比較像電影全面啟動？」

「的確是有躺椅，但是不用看著懷錶入睡，不，實際上催眠是全程清醒的。」

催眠並不會真的睡著，女作家再次強調：全程是意識清楚的，只是透過催眠繞過意識直接和潛意識對話，並且，從潛意識裡提取關於過去或者前世的記憶畫面，前提是如果你相信有前世的話。

然而的確有躺椅沒錯，那是確實。

一開始是在躺椅上透過音樂和指令讓當事人全身放鬆，透過這個放鬆的過程令意識下降讓潛意識浮現，接著催眠師會透過指令和問題帶領你慢慢回到過去：想像一個大草原，你自己或者你和當時的自己待在那裡，你們很安全。催眠師會繞過意識直接向潛意識保證這件事情：你們是安全的。

你們。

接著催眠師會觀察你的狀態，確認你漸漸脫離意識而回歸潛意識之後，他會開始下指令：回想最後就讀的學校和當時你最好的朋友，你們最常做的事情是什麼？回想那件令你最傷心的回憶，它發生在什麼時候？當時的你怎麼了……諸如此類。

「其實跟我在給小說取材訪談時很像，」女作家聲音低低的說：「我主要就是傾聽和記錄，但是如果對方不知道該說什麼的時候，我就會隨意講些其實事不關己但聽來好像是我自己的故事讓對方產生共鳴或安心，接著開始敞開心房傾訴，過程中我也會問很多問題，用不帶感情也幾乎不帶批判的口吻聽著所有的那一切，我真的是聽過好多被埋得好深好沉的回憶哪，沉重到當事人直到不小心講出來之後才驚訝它們確實存在過也確實始終影響著自己的這些那些哪。

「你們知道我被當面講過幾次：這件事情我只跟妳講過／簡直不敢相信我真的還是講出來了，喔，還有一次是被那個有頭有險的傢伙威脅：這件事情我只跟妳講過，所以如果洩露的話，我會知道要找誰算帳。」她嘆了口氣，真心誠意的：「欸，作家是高風險職業耶其實。」

「是也不用講得那麼可憐吧，」那位男士說，「他們也經常在妳面前講著講著就掉眼淚啊，更多的是那種時刻吧？」

「對啦，」她承認，「我也哭啦，在催眠時。」

「講到妳的龐龐嗎？」

男士問，而她點頭，然後轉頭告訴我：

「龐龐是我養的第一隻狗，牠走的那天那晚那夜還特地到我夢裡道別，夢裡是個下雨的夜晚，跟今晚的天氣很像哪，」她停下來喝了口啤酒緩和情緒，試著把眼淚留在眼眶裡，「牠就那樣靜靜地站在雨中看著我，眼神很悲傷，像是自責走得太早，也像是擔心我會太想牠，不知道，總之牠最後還是轉身走掉，像是時辰已到，而牠真的不走不行，而我居然還得強忍住捨不得放手讓牠放心走。天哪，我到現在都還是記得好清楚，牠就這樣在我爸頭七那天跟著走了，真是莫名其妙！牠又不喜歡我爸。」

她終究留不住眼眶裡的淚水，我於是連抽了好幾張衛生紙遞給她。

空氣就這樣安靜下來，我們各自沉默的喝著酒，聽了好一會兒窗外的雨聲並且等她收拾好眼淚和情緒之後，她才又繼續說：

「其實不會看到完整的畫面、那催眠，」她慢慢的說：「催眠時我看到的都只是局部的鏡頭而已，很像是電影的特寫，特寫著局部的畫面，搖搖晃晃的，手持鏡頭似的。」

她那次的催眠過程大概是這樣：催眠師透過指令透過問題慢慢引導她回到過去回到最初，過程中催眠師花了好多時間停下來治癒她的童年創傷，下指令讓如今堅強且充滿力量的她回到過去陪伴當時那個幼小且毫無生存資源的小小的自己。

「後來回聽音檔，我才發現老師花了好多時間停留在這裡啊，太多太多的羞辱性創傷、毒性教條哪，在我們那世代的孩子們成長過程中、很多人都被這樣對待著長大啊，很傷人哪，真的，可是那時候的我們哪知道那不是我們的錯，就這樣往心底去了啊。」

「沒關係啦，都過去了啦，妳現在有我們了啊。」

「好啦。」

好啦，她說，她繼續說：

「可是催眠過程中我們一直找不到問題的根本，所以老師還是帶著我的潛意識回到前世去找。」

想像眼前有一道門，催眠師開始下這個指令，想像妳慢慢走向它，打開它，打開那扇門之後，那是妳召喚而來的前世；什麼都沒看到也沒有關係，不必著急，此刻我們唯一要做的事情就是等待，耐心等待，等待妳的潛意識發送畫面。

然而她等到了，看到了。

她看到自己打開那扇門穿越過去，畫面聚焦在她的腳步，那是由上往下看的角度，猶如上帝視角；而那是一雙男人的腳，穿著草鞋走在石子路上。

「如今回想，我都還是記得穿著草鞋走在石子路上的觸感喔。」

她說。

而當時催眠師接著藉由問題引導她去觀看：在那一世裡，她住著怎麼樣的房子？茅草屋還是磚瓦屋？屋子裡有誰？餐桌是方還是圓？吃飯時大家是圍坐在桌邊嗎？餐桌上的氣氛如何？

「餐桌上的氣氛就和我今世家裡餐桌上的氣氛一樣，大家吃吃喝喝閒聊天，吵吵鬧鬧但是很歡樂，我是直到很後來才知道原來並不是每個家庭都會圍坐在餐桌旁一起吃晚餐。」

「我們家不是每天。」

「我們家從來沒有。」

我說，而她看著我，給我一個微笑，舉杯。

她繼續說：

「那一世的我很貧窮，家徒四壁，而我還看到我媽和我侄子，他們在那一世是我的老婆和兒子，跟你們講，不用管衣著、性別和長相，在催眠時你一看到對方就可以立刻知道那是今生的誰；說起來和似曾感很像，我是個經常會被觸發似曾感的體質，只是在現實世界中，我頂多只是覺得和對方一見如故彷彿從前遇過，而沒有辦法看出對方是前世的誰。」

我是很想要問她關於一見如故這話題的，然而此刻他們閒扯淡著孟婆湯啊奈何橋啊世間所有的相遇都是久別的重逢啊接著就這樣開始聊起電影一代宗師，甚至還開始聊到今天梁朝偉獲得威尼斯影展頒發終生成就獎的新聞以及她對於梁朝偉以及李安以及王家衛的熱愛。

兩個人就這樣好一陣慢聊之後她才又繼續：那一世他們雖然家徒四壁但是家人之間感情很好，家人之間感情很好的他卻因病早逝，她就那樣看著當時的自己躺在房子中央的地板上、即將失去呼吸，而他的妻與子趴在他的身邊痛哭失聲。

當下今世的她開始哭泣。

「我很悲傷也不捨，無論是在那一世又或者是催眠的當下，很擔心我就這樣死了而年輕的妻和年幼的子該怎麼生活？我死得並不放心也不甘心，而我的老師後來對我說，那就叫作印記。」

印記

那一世的他放不下，而這一世的她則經常總覺到窒息，關於被愛。

「這個想法很荒謬，我至今依舊覺得非常荒謬，不過真的，那天回家之後我居然就完全理解了，我完全理解母親對於我的諸多牽制操控和剝奪，或許真的不只是重男輕女那方面的事情，而多少也是源自於那一世的印記吧。」

「時間複利的概念。」

我說，而她問：什麼？

「妳透過催眠回到那一世和解了，而這和解的能量經歷過時空扭曲或者就直接說是層層轉世的堆疊之後，達成了複利的巨大能量，大概是這樣方面的道理。」

她又笑了起來，非常豪邁的那種。

乾

杯

當她繼續提起那場催眠裡所看見的第二個前世時，已經是大雨漸歇的時刻。

「感覺很怪，我至今還是無法理解，或許我說給你們聽聽是不是有什麼我沒想到的思考死角？」

「好啊。」

「願聞其詳。」

想像成在KTV唱歌吧，然後被插播，她的第二個前世就是以那樣的姿態閃現，真的是閃現，因為當時他們還在觀看第一個前世，而那個畫面卻搶著出現，想要被看見，被她看見。

「因為是全程錄音的關係，所以我不但記得很清楚，也聽得很清楚。」

她拿出手機滑開音檔，快轉到那個部分時我們三個同時聽到她呢喃著說：

「老師，有個畫面一直閃進來。」

那個畫面是深咖啡色的大桌子，當前半段老師帶她回想深刻的童年記憶時，她首先看見的是深咖啡色的大桌子。

「我當時沒有任何感覺，但是現在說給你們聽才開始覺得奇怪，因為那張深咖啡色的大桌子是我高二那年搬家後才新買的，買完隔年，我就在那張桌子上寫下人生中的第一本小說。」

而她的第二個前世就是從大桌子的畫面開始，彷彿手持鏡頭般的電影，畫面由深咖啡色桌子的局部特寫開始慢慢推進，她看見桌上的硯台和懸吊著的諸多毛筆，她在那一世依舊是男性，著官服，在明朝，她還看見高職時候的好朋友，他們在小酒館裡飲酒作樂，她清楚的看見塵土飛揚的黃沙路上的小酒館；她看見他住的官邸，她看見他有三個老婆他子孫滿堂。

催眠師再一次問到餐桌，是的，他們依舊是圍繞著餐桌一起吃飯，有好幾桌，她開口說。雖然氣氛依舊熱鬧，但卻少了前面那一世的親密感。她感覺到他很冷漠。

催眠師引導她觀看那一世的重大事件，她看見有個老頭跪在地上哭求著他網開一面，感覺是一起貪汙事件，她開口說，但不確定貪汙者是老頭還是他自己？她看見自己高高在上恃才傲物；催眠師進一步追問這事情結果如何？滿慘的，她開口說，在那當下所有的感覺好像才真正湧現，那些愧疚、後悔和抱歉……彷彿在她開口的那當下才終於注入當時的他心底。

「我沒想到後來會在今世遇到那個老頭。」

「時間的複利，搞不好真的是你講的那樣。」她突然說，然後苦笑：「我那一世過得功成名就榮華富貴妻妾成群子孫滿堂搞不好還五子登科喔，但好像稱不上快樂，最快樂的畫面是在小酒館裡和同事把酒言歡，然而最後他還是背叛出賣了我；而老頭也死了，死得挺慘；在那之後我酒越喝越兇，最後好像逃避心魔似的舉家搬離京城，雖然還是住著很好的大房子，但就是不再有任何的畫面了。我不覺得我在那一世愛過誰，或者被誰真的愛過。」

在那世的最後催眠師依舊把她帶回死亡的那一刻。

：你身邊有人嗎？

：有，很多人。

：你是怎麼死的？
：就是太老了，老死的。
：你當時感覺害怕嗎？
：不會。

「不管你們相不相信催眠或前世，不過那就是我看到的事情，當然你們依舊可以說那一切只是我的想像，黃粱一夢，而我的確也就是個依靠想像力寫作過活的職業小說家，不過那的確是我本來也不相信的事情。」她說，她繼續說：「從催眠恢復之後，我很深刻的感覺到我在那個前世擁有很多但就卻從沒愛過。」

「嗯。」

「所以你們覺得那一世想要告訴我什麼？先讓我們假設真的有前世今生的話。」

「我相信啊，」那位男士說：「所以妳這一世還是過著拿筆的人生啊，只不過變成愛情小說天后嘛，那是因為生命希望妳會愛人，這就是妳這一世的人生課題。」

「呿，」她笑了起來：「那不就還好我此生只是習慣手寫稿沒有用毛筆。」

「或磨墨。」

「那就麻煩了，手會很痠喔。」她笑著說，然後問我：「那你呢？你怎麼想？」

「我還沒決定好要不要相信前世今生，大概也並不打算去做催眠，不過催眠大概是怎麼收費？」

「一次兩千五，大概一個半小時。」

她沒好氣的笑著說。

「好，謝謝。不過有個問題我不曉得當問不當問？」

「我最討厭這種把話說一半的問法，非常不負責任的問法，像是把後果都丟給對方承擔的問法！自己承擔有很難嗎？真是莫名其妙！」

她說著說著就開始生氣了起來，好驚人的情緒轉折，前一秒還對著我微笑，但下一秒就變臉。

「好好好，」我趕緊的：「那篇文章。」

「什麼文章？」

「妳寫在粉專的那篇文章，寫我這家店。」要先叫他們買單嗎？畢竟是小店，生存不易啊，不過比起被一顆星負評而言、被作家下筆寫成文字調侃應該更悲慘吧？我好掙扎，我都還沒掙扎完就注意到眼前的她越來越不耐煩，我好害怕，我該不會就是那一世裡對她下跪求饒的老頭吧？否則為何我現在——好了夠了可以了！

我打開嘴巴聲音直直的大聲問：

「說了放在這裡，然後轉身離開，妳寫在文章裡的。」

「嗯。」

「所以妳想忘在這裡的是什麼？天啊我簡直不敢相信我結果還是問出口了。

你們可以先買單嗎拜託？請不要給我一顆星負評！也請不要在粉絲專頁寫我壞話！這也就只是一家小店而已！請給年輕人一個機會！」

她噗哧笑，而那位男士則是飛快的掏出皮夾：

「我要打統編，keep the change。」

他說，然後就尿遁了，這傢伙大學是田徑隊的嗎？跑那麼快。

把手中的啤酒一飲而盡之後，女作家把話題帶回剛才：

「我沒有想要忘記什麼，生命中發生過的每一件事，不管是好的壞的，那都是我的，沒必要忘記。」

「那妳為什麼要那樣寫？」

她定定的看著我，嘴角是微微上揚的弧度，但眼底卻冷漠得幾乎不存在任何溫度。她說：

「我是個職業小說家，無師自通的那種，寫了二十幾年已經，我知道怎麼寫會很好看，就只是這樣而已。」

就只是這樣而已？

我真心知道我真的不應該再問了，或許學聰明點也尿遁吧，反正錢收好了，就這樣把鑰匙交給她請她愛待多久待多久最後幫我鎖門就好吧？但我就，喔，媽的：

「所以在妳明朝那一世，對妳下跪求饒但依舊下場淒涼的老頭是我嗎？」

她先是楞了一下，然後笑開來：

「你神經病喔。」

你神經病喔，她笑著說，笑意重新回到她嘴角她眼底，她再一次笑了起來，依舊是很不女作家的那種豪邁笑法。

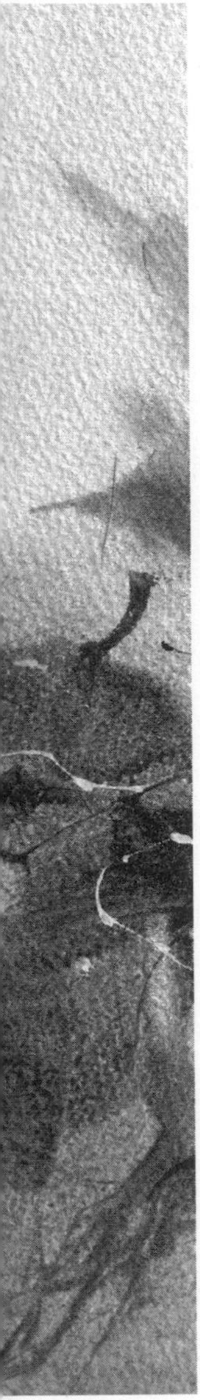

第六章 — 都只是朋友

Love.

One Way or

Another.

Dear
我愛你這句話對她而言，
真的就只是三個字而已。

她一走進來的時候店裡的每個男人大概都暈了吧，這絕對不只是因為她的乳溝而已，她穿著一件杏色細肩帶吊帶寬長褲，通常女生會在裡面搭配短版上衣或者內搭背心或是短袖白T的地方在她身上就只有形狀美好的水滴乳，非常落落大方並且毫不扭捏的姿態，與其說是歐美作風，倒不如直接說是她整個人散發出來的爽朗氣質以及緊實的身材非常相稱的那種布料很少的穿搭，我的意思是相對於把胸部擠得高聳挺拔、她這種輕鬆自在的外放姿能真的是令人心曠神怡許多。

性感但不下流。

鬆弛感。不知怎的眼前這位長髮烏黑濃密、白皙牛奶肌膚並且臉上妝容濃淡適宜的女孩令我直覺聯想起這三個字：鬆弛感。

她們兩個女生點了單價最低的無菜單料理以及兩杯女生通常會選的調酒捧著慢慢喝，一副打算就用手中那杯調酒度過一整晚的感覺；此刻比較年長那位解決完盤子裡的壽司之後正說起她同事的新戀情：女生同事是國中老師，男生是保險業務員，兩個人交往三個月左右之後，男方的媽媽就在老家附近給兩人買了一棟透天厝，雖然兩個人出於工作的考量、想要的是市區的公寓，不過——

「我覺得好可怕，才交往三個月而已就已經開始管人家結婚後要住哪裡的感覺，我勸她想清楚，這種婆婆以後絕對照三餐管很寬。」

「就是一種準婆婆要準媳婦給她生孫子的節奏哪，用房子換孫子。」

「中肯。」

「不過房子是登記在男生名下吧？」

「那是當然啊，他們又還沒結婚。」

「所以女生也沒什麼好心理負擔的啊，反正對那對母子而言，就算最後分手了，房子也只是換個女主人而已啊。」

「應該不會分手吧，女生三十歲了，兩個人就是以結婚為前提的交往吧，」年長的那位說，然後小小聲：「我會覺得太快是因為這是女生的初戀。」

「吭？」

對不起我太失禮了，不過：吭?!

「就，從小家裡管得嚴，長大後又被過度保護，所以……」年長那位更加小小聲：「她直到現在都還是爸爸在接送上下班。」

「……」

「我都不知道那是什麼感覺？」

「嗯？」

「被過度保護啊，不，甚至是被保護著，那是什麼感覺？」

「妳爸不是也管很嚴嗎？」

「那不一樣，」她口氣淡淡的說：「管很嚴和保護妳是兩回事，而我爸媽就只是管很嚴而已，而且我的家人從不溝通，總是吵來吵去還以為那樣叫作打是情罵是愛我是為妳好相親相愛一家人。」

她一口氣說出這一大堆話，但結果只是輕輕啜飲了一小口調酒，那是酒精濃度很低的調酒，所以我很確定她不是酒後吐真言，我還發現眼前的食物她也幾乎沒怎麼吃。我聽見她正在問：

「欸，老闆，你看我大概是幾歲？」

「妳看起來很年輕，應該才三十吧。」

「我今年十月滿二十六。」

「對不起……」

「沒事啦，我從小就長得早熟，我想十年後我應該還是長現在這樣吧？」

她說，然後笑了起來，她不只人美身材好，就是連笑聲都像風鈴般賞心悅目。

這麼一位令人賞心悅目的女孩開始說起自己早熟的成長。

她國中的時候大概就已經是現在的這模樣，如今男人們眼中的她自然是光彩奪目、明豔動人，不過當時那些無論是正在發育又或者還沒發育的國中男同學們可不這麼認為，他們覺得她比較像是大人那一邊的人；而至於女同學們也不怎麼善待她，確實吧，她這種豔麗型的女生本來就容易被同性們排擠，不為什麼就只是純粹嫉妒，可當時生理心理都還是國中生的她哪會知道這些呢？再加上家裡是威權式管教，爸媽完全不講道理只講輩分和性別。她那幾年每天都覺得自己活得很窒息。

「我媽是個白白胖胖的女人，而我長得像我爸，不論是五官個性又或者高高瘦瘦的身材，但那件事情我如今想起來還是覺得很難以置信，真希望當時只是我聽錯。」

「怎麼了？」

大約是國小中年級左右吧，母親開始注意到她的早熟氣息以及身邊那些年長男人們看她的眼神，有一次她獨自放學回家時還被管理員抱緊吃豆腐，那年她小四，已經開始長胸部。

就這樣她被嚇哭掙脫後跑回家，她那身為刑警的父親下班回家後問了才怒氣沖沖的下樓找管理員算帳。

「我覺得她很可愛讓我想起孫女，所以就忍不住抱了一下，沒有別的意思啊、這位先生。」

這是那個色老頭當時說的鬼話連篇，而她的刑警父親居然也就那樣放過對方。

「我本來以為我爸會把他關進監獄或者起碼叫管委會開除那個色老頭，畢竟他是刑警啊，警察不就是在捉壞人的嗎？」

「可是結果都沒有？」

「結果都沒有，他還是繼續坐在管理室每天對我噁心的微笑點頭，搞得我每天都想嘔吐。」她說，她繼續說：「反正最讓我受傷的也不是這個，而是那天晚上我媽來找我算帳，她質問我為什麼不在第一時間就告訴她，而是等到爸爸回家後才講？我當下還以為自己是個心機女、真的做了什麼背叛她的事情，我是直到很久很久以後去上身心課才釋懷：喔是啊，我們都不用先消化害怕、羞愧和自責的情緒？大家都那麼活潑開朗的接受並且可以立刻公告自己被性騷擾的這事情是嗎？」

「不是那樣，妳的反應很正常。」

我說，而年長的那位則：

「妳媽也只是心急啦，護女心切嘛。」

「是啊，她的確是護女心切。」

她微微一笑，笑裡滿是千情百緒。

在那之後她的母親開始有意識的把她養肥。

早餐永遠是兩份麵包和一大杯牛奶，麵包可以帶去學校吃，但牛奶必須當著母親的面前喝完，午餐所幸是學校的營養午餐所以就算不好吃但總歸是營養均衡問題不大，放學後點心是雞排和珍奶，晚餐永遠是夾最肥的肉到她碗裡，而她必須吃完不能拒絕，不為什麼就因為要聽媽媽的話因為媽媽都是為她好媽媽知道怎樣對她是最好。

「妳媽是把妳當成神豬在養喔？」

「我都沒提到她還會做一堆甜點給我當宵夜吃呢，然後那群婆婆媽媽會因此說我好幸福喔有這麼愛我的媽媽對我好呢真希望也能當我媽媽的女兒，呵。」

呵。好有情緒的一句呵。

她開始覺得不對勁是有次提早放學回家偷聽到媽媽和外婆在講電話，電話裡媽媽表明很擔心女兒顯然就是那種典型的男人會覬覦的早熟少女，而她的應對之道就是把女兒養肥養壯，這樣就不用擔心她被壞人欺負。

「就像小時候妳養胖我那樣，遇到壞人打架也不怕力氣小輸掉。」

她媽媽興高采烈和外婆說著聊著。

她摀住嘴巴忍住不讓自己尖叫。

她那時候不是想著怎麼試著活下去就是怎麼死個痛快，所幸她選擇了前者，她開始長出求生意志，她注意到班上那個瘦瘦的白白的男生，她大概知道他是單親家庭的小孩，也有點知道他正逐漸往問題少年的路上走去，可是她不在乎，反正她只是需要有人幫她吃東西而已；一開始是早餐的兩份麵包和放學後的雞排和珍奶，男孩吃得很歡喜開心而她亦是：原來看著別人吃東西是那麼有趣的經驗哪。

「不知道是不是因為這樣，長大之後我總是養狗，每天親手做晚餐給狗狗吃，看著牠們吃得那麼興高采烈，我都會覺得一整天的疲勞委屈和辛苦都值得了。」

她喜歡餵食的這件事情是由男孩而起，她很確定這件事情，後來她甚至會開始藉故拖延然後偷偷把晚餐裝盒趁著爸媽看電視的時間偷溜出門帶給男孩吃；那是她國中三年間最快樂的一段時光：晚上七點左右從房間偷溜出門，在只有男孩自己的家裡看著他歡天喜地的品嚐便當盒裡的美味晚餐。

「妳爸媽在客廳看電視，妳是要怎麼偷溜出門？」

「我家是公寓二樓，從房間窗外跳出去很簡單，而且我妹會幫我把風，不然我就揍她。」

「喔，看不出來妳會打人。」

「我打架從沒輸過。」

「抱歉。」

「沒關係，」她說，她繼續說：「而且他吃東西的樣子很好看，就是那種會把食物吃得很美味的那種吃相，有時候我會納悶他國中畢業之後就沒再升學而是選擇去廚房當學徒是不是因為他吃了兩年我媽媽的晚餐便當太滿意想要自己學會做？呵。」

呵，她這次的呵甜甜的濃濃的。

他們是彼此的初戀，總共交往六年的時間。

「他那時候會騎一小時的機車來學校找我，然後就這樣又騎一小時的車回餐廳，剛好用掉他下午的空班時間。」

「他應該很愛妳吧？」

年長的那位問她，而她的眼神因此黯淡下來。

「愛嗎？」她小心翼翼的唸著這個字，好像那是什麼難以發音的外國語，

「他如果很愛我，怎麼會劈腿餐廳的女同事？」

「……」

「反過來說，如果我很愛他，最後怎麼會甩掉他嫁給我前夫？」

我驚訝的看著她，而她解釋：

「我們在我大一年那年分手，是因為他劈腿在先，也是因為後來我被大十三歲的開 BMW 的男人追走，坐機車戴安全帽很容易讓頭髮出油啊，難道你們都不會嗎？」

「呃……」

「就。」

「接著大三那年我奉子成婚，當同學們在畢業典禮上約聚餐夜唱夜遊的時候我在產房裡面生小孩。」

「妳那時候應該很害怕吧？」

我說，而她看著我，或者應該說是，她瞪著我。無視於她眼底的怒意，我繼續說：

「只差一年就可以畢業，結果卻差點因為懷孕畢不了業，換作是誰都會害怕，那很正常，又沒關係。」

「好。」

好，她說，眼神同時放軟下來：

「我當時的確很害怕，不過我怕的是被他女朋友追殺。」

「吭？」

「我是小三，小三上位。」她輕輕的說：「我就匪類。」

一陣靜默。

我持續上菜，她持續放著不吃，其實除了最初的幾片壽司和之後的茶碗蒸之外她幾乎都沒再碰過任何食物，而年長那位大概也發現這點，把她的盤子端過去，說：不可以浪費食物。然後就這樣津津有味的吃了起來。

也是個能夠把食物吃得很美味的女子呢。我心想。

當這位女子把兩人份的食物清空之後，才又說：

「所以妳今天課堂上的議題是這個嗎？小三？」

她沒有回答，而是尷尬的看看年長的女子再看看我，然後小小聲的說：

「那個不方便在這裡聊吧？」

「妳剛剛都可以落落大方的承認自己早戀、奉子成婚、小三上位了，會比這些更不方便的話題會是？」

「家族排列。」她做了個深呼吸之後，說：「那是有點玄學意味的心理治療，我第一次接觸時害怕極了，那些人看起來很像是正在中邪，總覺得非常怪力亂神，但是隨著一堂課一堂課的上，直到今天終於自己也進入場域之後，我真的……嗯。」

「如果方便的話請說來聽聽，上個月才有人坐在妳現在這個位子上笑聲豪邁暢飲啤酒大聊催眠和前世今生呢。」

「催眠？前世今生？」

「嗯，一次兩千五，被催眠者是全程意識清醒的，我並不是那一世裡對她下跪的老頭，因為很介意所以後來私訊去她粉絲專頁問。」

「你突然的在講什麼？」

「妳不用知道，妳只需要知道人生就是會有這種時刻，某個妳突然就是很想要講出某些事情的時刻，而講了之後妳會發現，那真的會讓自己感覺比較好過。」

「我好像有點知道你的意思，」她邊想邊說，然後試著這樣問：「你幹嘛想要聽？是在搜集故事嗎？」

「沒有，我只是提供寄放心事而已，而妳看起來很想要傾訴，很想把擱在心底的那些講出來講給某個人聽，隨便是誰都可以，那剛好妳坐在那裡我站在這裡，所以。」

「好。」

其實有點像是碟仙或筆仙，她說，她開始說。

也不知道是天意神旨還是純粹大數據，總之有天她的電腦跳出那則上課資訊，而當時也真是她人生的低谷：育兒疲累、求職不易、開始看步入中年並且正在中年發福的老公不爽、而且還得跟婆婆同住。

「那個老太婆比我媽還可怕，那才真的是管教啊。」她打了個哆嗦：「我前大姑當時回娘家坐月子，結果才三天就被激怒到連夜打包逃回自己家。」

「唔。」

「哇。」

無論如何是在那些情境以及心理狀態之下她開始接觸到那堂一年四期的身心課，課程的前半是心理學的教學與應用，課上會有分組討論，於是她才知道原來班上每個看起來毫不起眼的同學們其實都臥虎藏龍：醫生啦、女企業家啦、上市櫃公司的老闆啦……

「眾生平等，這句話不曉得用得對不對？不過反正在那堂課上沒有人會吹噓自己的財富和成就，也不批判對方而就只是純粹的傾聽和陪伴，這是我家和婆家從來沒有過的氣氛。我才知道原來人生可以有別種可能。」

「欸，我一直很好奇，妳那時候覺得我是什麼職業？」

「業務吧，不然怎麼可以平日的下午來上課？而且妳看起來又不像家庭主婦。」

「呿，」年長那位笑了起來：「國中老師又不用朝九晚五被關在學校裡，我們也有空堂可以自由外出啊。」

「我現在知道啦。」

第二期是生死療癒的課程設計，學會死才能學會活，這是老師在課堂上說過的一句話，而她很喜歡，她的確從來沒想過自己是為了什麼而活？她漸漸的了解、原諒並且陪伴國中時被壓抑到不是試著活下去就是拚命想死求解脫的那個她自己。

然後是家族排列。

每個人在第一堂課都要寫生命中的議題給老師，接著三個月裡的每堂課上他們會排練演練，藉此試著找出最根本的問題，進而和解。

「把它想成碟仙或筆仙吧，只不過實際上在場域裡的工具是人。」

國中老師幫忙解釋。

而她的議題是對於母親們的憤怒，母親們，包括她自己，她自我厭惡的傾向日益嚴重、在婚後的那幾年間。

「還有小三。」她眼睛低低的說：「我對於小三這身分毫無道德感，婚後也出軌過好幾次，不只是我自己身為小三，也包括初戀男友的小三，坦白說我那時候毫不恨她也從不怪她，我就只是想知道她長怎樣而已，我還真的跑去他們餐廳偷看她。」

「結果她長怎樣？有妳正嗎？」

「是滿正的，反正他就喜歡我們這一型的，可能騎車來回兩個小時真的太累了吧，就挑個近的，反正都差不多，反正都那樣；就像是我也覺得反正都高高帥帥業務嘴，那我就挑個開車的省得戴安全帽那天回去要洗頭。我這樣想會很偏差嗎？」

「是有點無情。」

「實際啦實際。」

而她就想知道自己為什麼這麼偏差無情或實際？真的只是天生內建的原始碼嗎？

結果還真不是，前提是如果妳願意相信的話。

首先老師讓她坐在場域旁邊觀看被邀請上來扮演母親和她自己的兩個人，其中扮演女兒的那位、老師要求她自己挑選，而她找了一位長相可愛但身材肉肉的女生，她有察覺到這點，她找了一位母親理想中的女兒扮演她自己。

排列的過程毫無進展，於是老師請她進入場域取代女兒的位置就這麼和扮演母親的那位對視。

「我當時很明確的感覺到那位母親扮演者看著我的眼神非常冷漠，完全沒有任何母愛的成分，完全不是母親看著孩子的眼神，冷漠到我甚至開始懷疑她辛苦懷胎生我下來只是為了要恨我。可是這樣合理嗎？」

「是不太合理。」

「但就是有那種母親沒有錯。」

她同意，然後繼續說。

非常冷漠的眼神，以及氣流，是的，她一直被一股強烈的氣氛往後推，把她推離她的母親。她頭重腳輕站不穩，她於是一直往後退。

這表示這段關係很不穩定。

老師說，接著走進場域裡走到她身邊，問：

：妳媽媽懷妳的時候有發生過什麼事情嗎？

：車禍，她流了很多血，實際情形我不清楚，因為她每次講的版本都不一樣。

：她差點因此流產嗎？

：應該沒有，我是足月出生。

：那就沒道理。

天意、神旨或者大數據。無論如何當時的她突然說

：不過我媽在懷我哥的時候，父親曾經外遇過，那是經常和他下班後一起約跑步的女同事，最後我爸為了當時還在媽媽肚子裡的哥哥才回歸家庭的。

：妳在那之後多久出生？

：兩年，我小哥哥兩歲。

：妳是家中第一個女兒嗎？

：對，我還有個妹妹，她小我四歲。
：在那之後父親還有過外遇嗎？
：就我所知是沒有。

於是老師又請了一位同學進來場域扮演當年的那位小三，而扮演者正是此刻坐在她身邊的國中老師。

「妳那時候有很恨我嗎？我記得之後老師又找人上來扮演妳父親，那位一上場居然就直接往我身邊靠近，靠很近。」

「嗯，而且他還摟著妳，看起來好親密。」她回憶道，然後澄清：「不會，我當時對妳完全沒有恨意，反而覺得鬆了口氣：終於不用跟我媽媽獨處。」

「好奇怪。」

「我也覺得，完全不合理，於是我才發現，實際上我也真的很怕要跟我媽單獨相處。」

我看著她。

「我猜她大概還是愛我的，但我就是很害怕她的愛，很重。」

很重。

最後，老師要她試著開口對母親的扮演者說出這句話：我是妳的女兒，不是妳的情敵。然後站在她的身邊、帶著她一步步走遠，離開。她那時候覺得很想哭也覺得很溫暖。她說不上來為什麼。

「拉開妳們之間的距離對於彼此都是好的，偶爾回去看媽媽就可以，甚至只是打個電話回去問候她就好，也很好。」

最後，老師這麼告訴她。

「我那時候覺得老師這番話未免也太離經叛道太不孝了吧？但是後來離開場域回到座位上獨自安靜思考之後突然什麼都解釋得通了。」

「什麼意思？」

「我大概知道老師當時在場域裡看到什麼了。」

那位父親的扮演者告訴她，當他一進到場域時就首先關注外遇對象，接著一陣氣流把他拉向她，他說待在小三的身邊感覺非常放鬆，而且那樣的他反而才能夠好好的看著他的妻女。

「稍早你們提到愛是嗎？我想這就是愛吧：大概就像是我爸被外面那位不由自主的吸引、非常想要待在她身邊的感覺，很輕鬆，很自在，很舒服，不想要離開。」

就她記憶所及，母親的視線總是追尋著父親的身影或者是直接定在他身上，一副隨時等著他召喚或者下指令的姿態。

「沒誇張，有時候我媽甚至會朝著我爸小跑步過去呢，搞得像是在行軍。」是啊，這也是愛，但是太多了，很沉重。

很沉重，她又重複了一次。

然而選擇回歸家庭的父親卻終其一生都對於兒子非常嚴格對她非常寵愛，本來以為只是同性相斥那方面的道理，但是當她在場域裡隨著老師說出那句話時，她就都想通了。

我是妳的女兒，不是妳的情敵。

「或許在那場外遇結束的兩年之後出生的我，由於性別由於被父親偏愛，所以再度觸發了我媽兩年前對於那個小三的深惡痛絕吧，進而在潛意識裡把這份嫉妒轉移到我身上。」

「她對妳妹會這樣嗎？」

「不會，我妹長得像她，身材像她就是連個性也像，她們都像株藤蔓似的攀附在別人身上才能活。」她扮了個鬼臉，口吻淘氣的說：「自己說這種話是真不好意思，不過我爸的確比較偏心我。」

「好，」國中老師換了個語氣：「不回娘家住也很好，先來當我的房客讓我賺點租金。」

「謝謝妳。」

她們相視而笑然後碰杯，而我則是還停留在剛才的話題裡，不理解。

「有個問題我不知道當問不當問？」

「我兒子監護權歸爸爸，我試過了，但是搶不過我婆婆。」

「不是，」我說：「你們父女倆都覺得待在那個小三身邊很放鬆？」

「嗯，很奇怪嗎？」

「是滿奇怪的啦。」

「而且我至今聽到女兒是爸爸前世情人這句話都還是會覺得很噁心，非常亂倫感的噁心。女兒就女兒，不必是情人也還是可以疼愛她的，好嗎？」

最後，她這麼說。

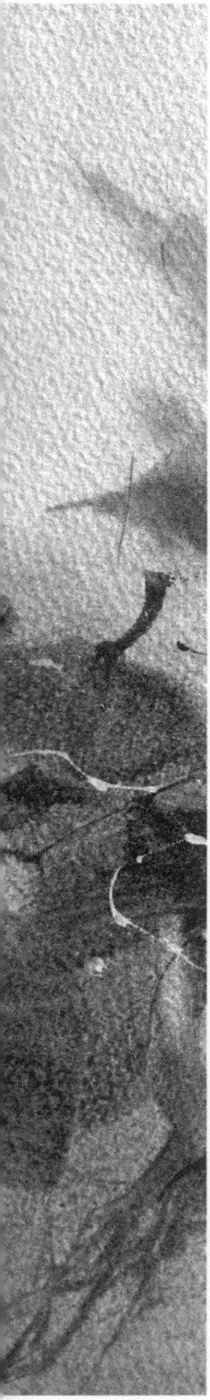

第七章 —— 在妳走了以後

Love.
One Way or
Another.

親愛的妳：

妳走太快了，走時還是個孩子
不過沒有關係，妳被愛了很久
在妳走了以後，她還是繼續愛著妳的
她後來帶著妳們的故事坐在我的面前
她說，我聽；而現在，我寫，你們看

這陣子下雨很久，久到附近那所私立大學的職員們都好久沒有上門了，真沒想到我居然會懷念他們；已經四年沒有颱風登陸的台灣在這個夏天連續迎來兩個，好幾個地方傳出災情，全台各地雨下不停，就是在那種溼涼慘澹的天氣裡，她帶著她們的故事走進我的店裡，彷彿日本純愛電影般的故事，她和她的故事，真實到任何人都會希望那真的能夠只是一部虛構電影的那種。

當那個長頭髮女生走進來的時候我正在低頭清點抽屜裡的零錢和百元鈔票，猶豫著要不要乾脆提早打烊去找朋友打麻將算了，畢竟又是一個到連熟客預約都取消的壞天氣哪，或許是因為正當腦子這麼想著的時候、眼睛卻正好看見推開大門走進來的她，於是寂寞就這麼自然變成是我對她的第一個印象。

「這種壞天氣還隻身出門吃晚餐，妳是不是真的很寂寞？」

我差點就這麼冒失的問出口了，不過還好我沒有，反而是這長頭髮女生一開口就突兀的問：

「請問一定要點無菜單料理才能寄放心事嗎？因為我腸胃敏感，吃生冷食物都會拉肚子，所以我可不可以簡單喝個熱湯就好？然後我也不能喝酒會起酒疹，所以我可以換成點麥茶嗎？」

「麥茶是免費的不用點，今天有蛤蜊味噌湯或者妳也可以點海鮮粥，不過妳沒頭沒腦的是在講什麼？」

「我是看她寫的，點一份無菜單料理、坐在左邊數過來第二個位子上，就可以把心事說了放在這裡，而她是真的說完就忘了。」

「誰是她？」

長頭髮女生說了那位女作家的名字，於是我整個人混亂了起來：她說了什麼忘在這裡？明明那天她滿臉不高興的說自己什麼都不想要忘記，因為好的壞的都是屬於她自己的回憶！

不是在告狀，不過我：

「而且她還瞪我！」

「應該不是瞪啦，她只是兩眼視差大而已。」

「那真的就是瞪，我大學念視光系所以我看得出來！」

「好啦。」長頭髮女孩笑了起來，用一種媽媽哄小孩般的口吻溫柔的說：「她講的話只要相信一半就好，不過至於是要相信哪一半呢？其實也很難判斷呢。」

「妳跟她很熟喔？」

「算是熟嗎？」這話長髮女孩想了想，接著露出有點為難的表情，最後她決定這麼說明：「我是她的忠實讀者，從小看著她的書長大的，我們都是。」

「我們是指誰？」

「我和莉雯。那個無論如何我都想要說了忘在這裡的女孩。」

無論如何都想要說了忘在這裡的女孩，她的莉雯。

莉雯和她是玩線上遊戲時認識的，那是她升國三那年的暑假，而當時莉雯升高一，任何人聽到這裡都自然而然的以為莉雯大她一歲對吧？

她接著說了那款線上遊戲的名字，我沒有聽過，她說當時註冊時用的性別勾選男生，我試著強忍住驚訝但還是沒有逃過她的眼睛，我以為她會像高個子男生那樣指教我對於同志的刻板印象，不過她沒有，她只是滑開手機點開相簿展示她短頭髮時期的照片：

「我以前一直是短頭髮，很像小男生對吧？」

「欸，很T。」

我脫口而出，然後趕緊為此道歉，而她無所謂的擺擺手，還大器的要我別往心底去，「我的確是很T。」她說，她還說她的自尊並不建立在性別認同或者性取向這些事情上面；此時的她完全不生氣，然而當時面對莉雯、她可沒辦法這麼鎮定。

「那時候我爸媽說暑假結束之後我就不能再玩線上遊戲了，所以當時就跟很談得來的莉雯道別，結果沒想到她居然很傷心，她以為我們已經是朋友，但結果我只當她是一個暑假的網友。」

那是她第一次覺得這個女孩很可愛，明明年紀比她大，可是結果卻那麼的純真，還毫無保留，於是她同意和莉雯交換即時通以便往後繼續聊天時，她才遲遲的驚覺事情不妙：莉雯一直以為她是個男生，小男生。

「我只是生理女而已，而那年代又沒有這種選項。」她有點委屈的解釋，「我那時候超級害怕她會生氣罵人的。」

「結果她有嗎？」

「結果她只說、明天再告訴我她有沒有生氣。」

「她的生氣就這樣？」

「嗯，而且也沒有瞪我。」

她很故意的笑著說，而我驚呼了起來抗議：

「妳還說那只是兩眼視差大！所以！她真的是在瞪我？」

她笑了起來，而我也是。

溫柔是她對於莉雯的最初印象，她逐漸開始期待每天下課之後和莉雯的聊天，她不知道那樣算不算是戀愛的感覺，她當時還沒有戀愛的經驗，也不曉得什麼是愛情，但是她的確開始思考這件事情：什麼叫作喜歡一個人？什麼是愛情？愛是要怎麼定義？她這樣算是戀愛嗎？

是那樣的情境下，她開始接觸到女作家的書，沒辦法，那幾年有在看小說的人很難避開她的作品，她的書總是整整齊齊的一整列被擺在最顯眼的地方，圖書館哪、書局哪，甚至是7-11，而她們都是她的讀者，發現到這個共通點之後，她們的感情更為加溫，話題也總是就這樣一路聊到深夜聊到睡。而她總是先睡著的那個。

「你是看小說的人嗎？」

「我是，但我只看推理小說。」

「好，所以你可能不會知道我接下來在說什麼，不過沒關係，」不過沒關係，她說，她接著說：「莉雯最喜歡的是她的對不起系列，那真的是很不一般的小說，很少人會像她那樣子寫小說，」長髮女孩扮了個鬼臉，才又接著說：「莉雯很驚訝原來小說可以那樣寫，原來人可以那樣活，活得那麼透明那麼坦白那麼直接有的時候還很亂來，而我是直到很後來才知道莉雯的言外之意。」

很後來。

女作家書出得又多又快，當時因為零用錢有限的關係，所以她倆開始輪流買女作家的書各自讀完再寄給對方這樣，那是她們種種交換的開始，一開始是交換小說，漸漸交換日記，然後交換禮物……她們陪伴對方一起經歷青春裡無數個第一次：第一次網路交友，第一次和別人討論小說或電影，第一次交換禮物，第一次收到寫有自己名字的包裹，第一次和某人聊天聊到自己睡著，每次每次，每天每天，第一次在確認對方睡著之後把平常無論如何都說不出口的這些那些慢慢說出。

第一次確定並且深信不疑：是的，這是愛。

原來小說裡的愛情是這種感覺，原來所謂的愛情是這種形狀，原來人會動不動就傻笑。

以及，是的，第一次和對方許下約定，十八歲的約定。

「等我考上台北的大學就去找妳玩！」

她總是滿心期待的許願著，然而每每得到的回應卻總是莉雯的沉默。

「本來我以為莉雯是害怕百合之戀，我從國中開始就知道自己喜歡的是女生，很確定，但莉雯不是。」

我幫她把杯子裡的麥茶補滿，安靜的等著她艱難的再開口：

「後來我才知道對於當時的莉雯而言，喜歡的是男生或是女生根本就不在她人生煩惱的前三名。

後

來

她太想知道莉雯的模樣，然而莉雯卻始終不願意寄自己的近照給她。

「莉雯唯一給我看過的照片是她國一那年拍的，而且還不是全身照。」

「嗯。」

「我本來以為她是長得很醜所以自卑，可是看她照片就不是，莉雯長得很可愛，雖然她總是介意自己的眼睛小小，但是莉雯是個長相可愛的女生，我很確定這件事情。」

「那所以？」

她聳聳肩膀，眼睛低低語氣淡淡的說：

「所以我當時就聽朋友的建議Google她的名字，結果居然真的有。」

結果居然真的有。說到這裡的時候，她的臉完全的暗了下來，她一個字一個字的唸出她當時Google的結果：癌症基金會。

她搜尋到那篇癌症基金會發表的鼓勵癌友的文章，文章裡採訪的對象就是當時才剛剛再度抗癌成功的莉雯，文章除了莉雯的姓名和就讀國中之外，還有當時剛化療完的莉雯，戴著假髮的莉雯，穿戴義肢的莉雯。

於是她才知道原來莉雯在小二那年就因為骨癌截肢，國二那年再度復發轉移成為肺癌，按著時間軸往回推，她們相識於莉雯剛完成癌症治療的那一陣子；她這才遲遲的回憶起那些所有漫漫聊天裡的種種對話線索：莉雯提起自己下雨天經常走路滑倒，而她告訴莉雯就換一雙止滑功能好點的鞋子啊；莉雯提到自己體育課時總是只站在旁邊看大家打球，而她笑著要莉雯別太偷懶啊；莉雯……

「我只要想到莉雯是如何忍住不講出事實，不，我光就想著莉雯是花了多少力氣隱瞞這些假裝自己也過著很正常很一般很中二的青春，然後還要面對我的無知我就——」

我把面紙盒推到她面前。

「謝謝。」

我們就這樣沉默著聽了好一會兒的雨聲之後，她才又開口慢慢的說：

「在那之後有次莉雯提到體育課時心臟突然很痛，光是呼吸就會疼痛，檢查之後原來是肺炎，接著她告訴我、自己可能會消失一陣子。」

她本來以為自己會配合著莉雯演戲而不拆穿的，可是結果她沒有她從來就不是那樣的女孩，結果她選擇攤牌。

：我知道妳是癌症，我知道妳截肢過，我還知道妳頭髮長很慢還沒留回原來的長度，可是那又怎樣，我喜歡的又不是妳的雙腿或長頭髮，我喜歡的是妳，完整的妳，全部的妳！妳也可以在我面前活得很透明很亂來就像對不起系列裡的那個沒有名字的女主角那樣啊！

她鼓起勇氣的說，而得到的回應是莉雯錯愕、驚慌以及堅持要分手。那年莉雯高二，她高一。

「我答應莉雯分手的要求，但前提是我想要陪她走完那半年的化療，莉雯沒有反對，大概是她那時候沒有什麼力氣了吧。」

那時候莉雯一週化療一週居家休養，化療消耗掉她多數的體力，她所剩不多的力氣只足夠看小說，女作家的小說，有時候她會疲倦到連翻書都吃力，於是她開始唸書給莉雯聽。

：我好不容易長出來的頭髮又要重來一次重新留長了。

：我陪妳一起留長頭髮。

她說，而那是第一次，莉雯在電話裡哭泣，透明的哭著，自在的哭著，亂七八糟的哭著。

為什麼要給那麼年輕那麼善良的孩子那麼多的苦痛呢？

她們就這樣一起走過那半年，那艱難的半年。

化療結束之後莉雯的媽媽帶著她去日本玩了一趟，還從大阪寄了一大箱禮物給她，每個禮物上面都貼著一張便條紙、仔仔細細的手寫著使用說明，有些，還附上可愛的插圖。

「很貼心，很溫柔，很莉雯。」

她想要試著笑著說，可是結果卻不太成功。

我再拿出一盒面紙推到她面前。

那是一箱旅行禮物，也是一箱分手禮物，她依照約定陪伴莉雯走過那半年的化療，而莉雯也依照約定堅決分手。

「為什麼？」

「我不知道。」她眼神逐漸空洞，沙啞著聲音，說：「我們就這樣浪費了一年半的時間。」

整整一年半都毫無音訊也從不回她訊息的莉雯有天突然主動捎來訊息，訊息裡沒有任何的寒暄問候而是直接明瞭的問她：

：妳這輩子有沒有什麼遺憾？

：當然是妳啊，我還沒有親眼看過妳。

此時我定定的看著她，而她難過的搖搖頭：

「我當時往反方向想去，我以為她確定自己抗癌成功了，所以下定決心來找我。」

「妳當時年紀太小還不懂。」

「謝謝你的安慰。」

「不只是安慰。」

「好。」

那是她們第一次見面，於是她才知道原來深愛了多年的莉雯是又高又瘦的女生。她們初次見面的那天莉雯是由朋友陪著從台北南下高雄去找她，莉雯去找她但是莉雯不願意讓她看見自己走路的模樣。

「她當時也還小，那年紀的孩子本來就很在意外表。」

「嗯。」

兩個女孩就這樣在她家騎樓的路燈旁站著聊天聊了好久，聊相識聊相遇聊過去聊現在，感覺很像是回到過去的每天晚上，兩個女孩天南地北的聊、聊到終於有一方忍不住睏意睡著，而這一次她們終於是面對面，看著對方的眼神，感受對方的氣息，以及當下空氣的流動。

她們終於是站在同一片星空底下。

「我那時候好想親她，可是我不敢。」

「搞不好她也是喔。」

「呵。」

她真正鼓起勇氣是在那相隔幾天之後，可能是剛剛好的天氣可能是剛剛好的心情可能是……無論如何她就是突然激烈的想要看到莉雯、立刻看到莉雯，就算只能是看一眼也好；就這樣她下課之後直接去客運站搭車北上，她很記得當車子開過台中之後才敢告訴莉雯這件事情，她打定主意如果被莉雯拒絕的話，就乾脆去看一眼她家的窗戶也好，或許莉雯會剛好在窗邊呢。

「我那時候覺得莉雯不會理我，莉雯不喜歡驚喜。」

「結果呢？」

「結果莉雯下樓見我。」

她們在她家樓下的便利店裡面對面坐著喝冰紅茶吃巧克力，最後道別時她鼓起勇氣踮起腳尖親吻莉雯的臉頰，而莉雯擁抱她，好久好久；她們就這樣手牽手等著莉雯的媽媽把車開過來送她去搭客運，就是在那短暫的等待空檔裡，她問莉雯：

「我們找一天一起去平溪放天燈好不好？」

「要看醫生怎麼說。」

「好。」

車來了，她們誰也不想放開手，然而，她們終究還是得放開彼此的手，上車，揮手，道別。她就這樣搭夜車回高雄。

「我那天一路笑回高雄，不誇張。」

「我相信。」

「謝謝你。」

那是二〇一五年的一月，她們的初見面和初吻。同年二月，莉雯癌末。

：我很愛妳、我真的很愛妳。

在她們最後的電話裡，莉雯語氣溥弱的說。

：可是我已經快要不能呼吸了，我是要怎麼愛妳？

：妳要知道我那時候會提分手，是希望回憶可以停留在最美的時刻，我真的好想好想讓妳看到我留長頭髮的模樣，留著長頭髮的我真的很漂亮喔。

：如果我走了妳不要來找我好不好？妳要繼續活，妳愛過我就好，這樣就夠了，真的就夠了。我好累喔，想睡了，晚安。

二〇一五年三月，莉雯離世。

天使來過人間。

而，那是她們第三次見面，在殯儀館裡，她和莉雯的家人一起瞻仰遺容。

按習俗，莉雯的爸媽不能給她送終，因為不孝。

「你有沒有覺得這個習俗很奇怪？那麼小就開始生病一直治療癌症最後不得不比爸媽先走已經夠難過了，然後還要被說不孝！還不能被送！」

「沒關係，沒關係。」

我摸摸她的頭，讓她好好哭。

於是她請求莉雯的爸媽由她來送莉雯最後一程。

在告別式上，莉雯的表姊捧著骨灰罈而她替莉雯撐傘，在火葬場前，她視線模糊的看了莉雯最後一眼，試著把該說的話從自己的嘴巴裡說出來：

「莉雯啊，火來了，妳要快跑喔。」

妳終於可以自由自在的奔跑了、莉雯。

不痛了。

在那之後她開始有兩個媽媽，她代替莉雯當阿姨的女兒，每年母親節都北上去吃阿姨做的家常菜，聊一聊她們回憶裡的莉雯，而今年是第八年；她也把和莉雯的合照護貝好帶著四處旅行合影，那是她們唯一的合照，那晚在莉雯家樓下的便利店拍的。她帶著合照去了很多地方，就是唯獨沒去平溪。她也說不上來為什麼。

「還有留長頭髮。」

「嗯？」

「妳代替她留了長頭髮，對吧？」

「嗯。」

「那妳為什麼還想要忘記她？」

「有一天吧，忘記當時我正在做什麼事情，然後突然想起莉雯，我很常這樣，我經常這樣，可是那一天我卻突然有點想不起來莉雯的長相，我覺得很害怕，我——」

「嘿，嘿！」我輕輕摟著她的肩膀，安慰她：「那很正常，好嗎？」

「我知道，但我就——」

「不需要這樣，莉雯不會喜歡這樣。來。」

拿出三個清酒杯擺在桌上，往裡頭倒滿清酒之後，我告訴她：

「妳不用害怕自己忘記她，也不用害怕自己忘不了她，妳已經把她好好的愛過，也好好的送過，那真的就勝過所有的一切，而莉雯都知道。」

「好。」

「不能喝酒的話輕輕用嘴唇抿一下就好，我來代替莉雯喝，我們來敬莉雯。」

舉杯。

乾杯。

敬莉雯。

她喝光小小杯中的所有清酒，一飲而盡，不能喝酒的她因此喝得臉都皺了，她皺著臉問我：

「但是為什麼是清酒？」

「因為下雨天還出門聊回憶太寂寞了啊。」

「呵，回憶。」

「嗯，回憶。」

「好。」

好。

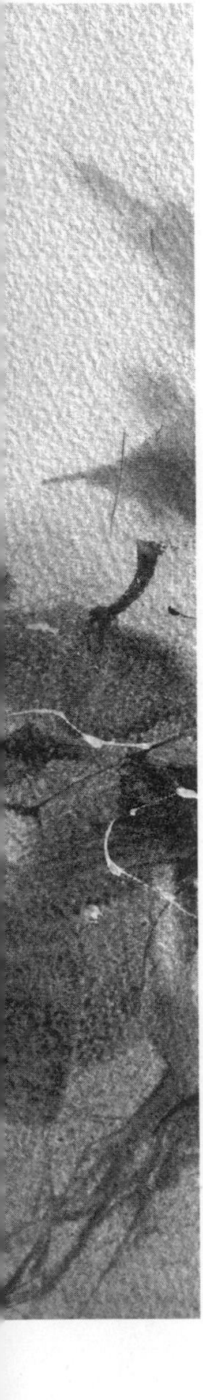

第八章——親愛的小孩

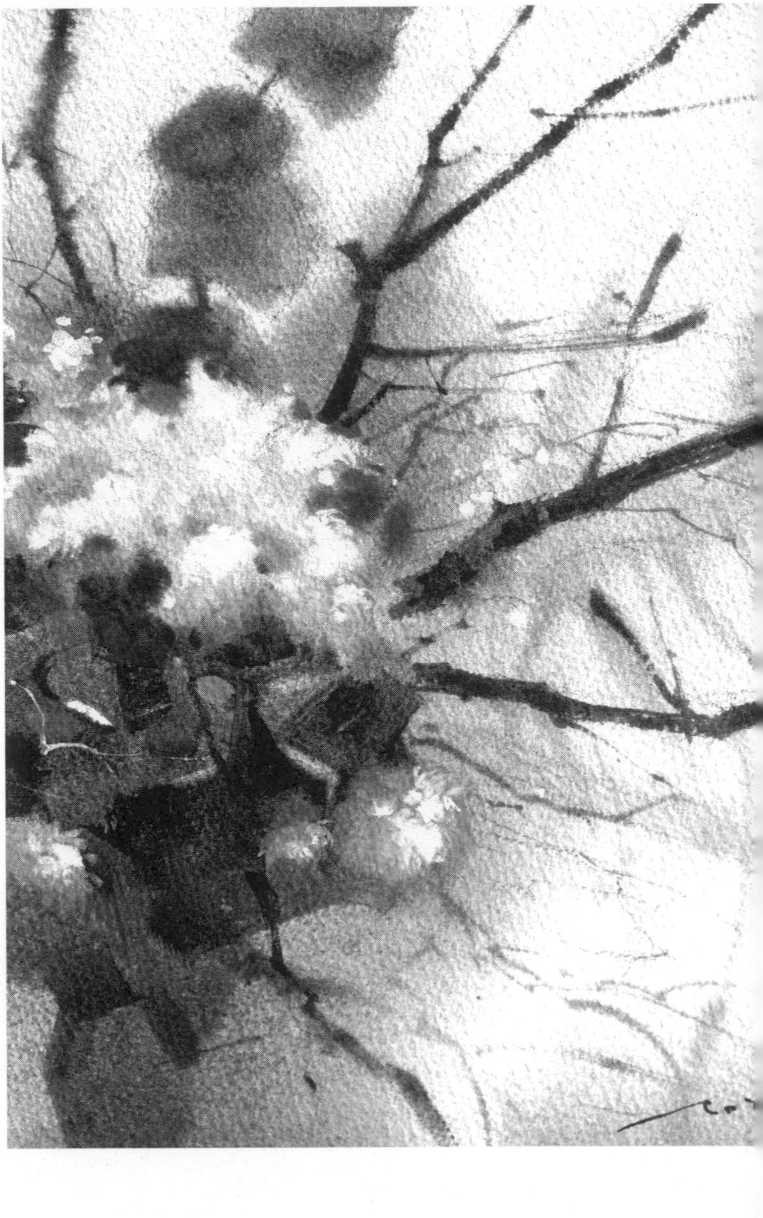

Love.
One Way or
Another.

Dear

不必非得把才華當成謀生工具

但是也請不要對它置之不理。

為了他們兩個我今天起了個大早上市場去那個只有在週四營業的魚貨攤採買，一邊請老闆幫我搭配三人份的食材組合、一邊我在心底默唸著：王老師不吃鮭魚游文志不吃辣，王老師喜歡喝燒啤游文志愛喝莓果氣泡飲……需要如此這般默唸不是因為害怕會忘記而是防止自己站著就睡著，此刻是週四清晨六點過一會兒，我大概只睡兩個小時不到吧？沒辦法，這攤魚貨如果不這麼早來搶的話很快就會完售，而這個世界上我只願意為了他們兩個人早起、目前為止。

我超級痛恨早起的。

回家之後把食材稍微處理過、我簡單吃個早餐蛋餅喝個早晨咖啡再稍微打掃個房子，接著在等待洗衣機的時候就這樣昏睡在客廳的沙發上，再醒過來是因為接到游文志的電話：

「我剛上老師的車，你午餐吃了嗎？我們要買炸雞過去，你要什麼口味？」

「蒜味。你畫有帶嗎？」

「有啦。」

「好。」

好。

去年春天租下這個店面開始裝潢準備開店的時候，我曾經問游文志把他那幅畫作「逆光」送給我掛在店裡當鎮店之寶，那幅畫是他第一次去澳洲壯遊的創作，後來還得到首獎的非賣品，本來我以為游文志會一口回絕的，可是他沒有，他當時說：等你的店開滿一年再說。

而今天就是店的一週年，為此我特地店休來專心款待這兩位朋友，回想去年的今天他們為了安撫太害怕開幕第一天卻無人光顧的我，於是就這麼特地來當我的第一組客人，開幕那天他們早早就來到日料店裡坐在吧檯前喝酒燒啤和莓果氣泡飲，他們兩個悠哉的看著我獨自一人手忙腳亂的備料開店，完全沒有想要幫忙的意思。

「這間店很有蔡曜存的風格啊，簡簡單單卻很有味道。」老師一邊喀啦喀啦吃著泡菜一邊環顧著四周，問：「牆是自己漆的嗎？還是給工班做？」

「當然是自己漆的啊，為了省錢連裝潢都是我自己跟著工班阿伯他們做的啊。」

「不錯不錯，很有格調，」老師得意的笑笑，繼續問：「所以你們畫家是不是真的比較會刷油漆？塗得比較勻還是漸層什麼的？」

「只有游文志是畫家，我只是一個學過畫畫的人。」

我說，頭也沒抬的繼續備料，不想讓他們看到我當下的表情，也不想看到他們當下的表情。

僵。

老師打破這微微的尷尬，說：

「啊對了，游文志，你來幫我掛鹿角蕨。」

「什麼鹿角蕨？」

「你師母送給你的開店禮物，掛在門外那面牆上嗎？」

「好啊。」

當他們兩個重新坐回吧檯前的位子上時，游文志說：

「你可以先煮個泡麵來吃嗎？我肚子有點餓。」

「是沒看到我在忙喔？自己進來煮啦。」

他還真的走進來打開櫃子。

「台酒花雕雞？也給我煮一份。」

「喂，還真的煮起來喔？鍋子裡有味噌湯啦。」

「那個又吃不飽。」

「幫我切點生辣椒放在碗底，」老師說，然後，再一次：「我有跟你們講過以前我還在當領隊時帶團帶到前女友嗎？」

「有，大概講過八百次了。」

「好，那是我結婚那一年的事，剛拍完婚紗照的七月，暑假旺季，我都累死了，真的好忙。」

「好忙的你帶團去土耳其，然後在機場前集合時你遠遠看到前女友和她閨蜜拉著行李箱東張西望的找領隊，接著你趕快查看旅客名單，那一刻你真心想要躲起來。」

「對，那時候她跟前男友分手於是決定出國散心療情傷，哪曉得手氣那麼差，剛好報到前前男友帶的團，本來還有點浪漫的以為這是命運的安排，舊情復燃的前奏——」

「游文志也幫我煮一碗，我要加蛋。」

「好。」

「欸，你們兩個，老師講話要聽啊，」老師笑著抱怨，然後繼續說：「老師是看你緊張啦，所以才故意講這個給你聽啊。」

「那你可以講沖天炮啊，那個比較好笑。」

「夠了喔游文志！」

「喔，對，我教書第一年帶班級就帶到你們班真心衰小，然後蔡曜存還給我從制服褲子口袋拉出一串沖天炮，跟你們講，那時當下我真的很想離職回家給老婆養算了，辛辛苦苦考到的教師證我也不要了！真的都不想要了，我當時害怕極了、真的。」

「看不出來你那時候很害怕啊老師，你明明還問我帶沖天炮來幹嘛？」

「帶來學校玩啊。媽的幹，你還真的給我這樣回答，然後我還得強裝鎮定的請你方便的話記得帶到操場上去放啊。我那時候都嚇死了，什麼流氓班級啊，每天都在上演逃學威龍吧？我孩子還小耶、大哥。」

一陣歡笑。

「說起來佑佑今年也上國中了？」

「高一，昨天還叫他媽媽帶他去燙頭髮，我都不知道該說什麼了，我這輩子從來沒有想過要帶自己去燙頭髮呢。那不是很娘炮嗎？燙頭髮？」

「哪會啊，不過老師的確是應該趁著還有頭髮時去體驗一下的。」

「蔡曜存！」

還是笑。

「你們兩個又是怎麼變成朋友的？畫畫喔？」

「不是，我那時候還不知道自己喜歡畫畫，是看蔡曜存在那邊畫漫畫就跟著他玩。」

「對啦，後來還跟著我去念復興美工，然後又一直不交女朋友，害我以為你在暗戀我。」

「並沒有好不好！」游文志難得拉高音調，但隨即又變回平時那個溫溫的害羞的內向的他，說：

「那邊的老師才是真的兇，居然真的打學生。」

「還有畫太爛會被丟作業。」

「沒有比較就沒有傷害嘛，所以你們看老師對你們多好了吧？上課睡著了還會走過去幫你們蓋外套呢。」

又是一陣笑，在笑裡，我問老師：

「所以你真的是因為我籃球打得好才喜歡我的嗎？」

「算是吧，」想了想，他決定這麼說：「一開始是真的討厭你啊，你就是那種典型的麻煩學生啊，可是怎麼辦呢，我是你的班導師又才剛到那個學校，人生地不熟也找不到球伴嘛，班上就你們兩個個子最高手長腳長啊，就叫來問看看要不要下課後陪老師打球啊，慢慢相處之後才發現你這孩子只是頑皮但本性不壞啦。」

「對啊，那時候都會被叫去贊聲跟外校的打群架，我超怕打架的，可是又不敢不去，不然就換成是我被關廁所海扁，是蔡曜存教我去那邊把自己當成臨演往邊邊站就好，不需要真的動手。」

「哎，他這小子從小就賊精。」

更多更多的笑，在歡笑裡，這是我第一次把這句放在心底很久的話說給老師聽：

「你是我人生中第一個願意喜歡我的老師。」

「沒事啦，你後來沒變壞就很好啦，那時候你媽真的很操心啊，經常被叫來學校訓導處。」

那時候指的是我小學四年級開始到國中二年級、我和游文志去畫室學畫畫為止。

四年級的時候或許是平時一起走路上學的姊姊升國中、於是當時一起上下學的同伴漸漸就很自然的變成同樣也落單的艾力克，艾力克是單親家庭的小孩，家裡非常有錢卻總是獨自一個人住在百坪大的豪宅裡，自己點外送自己洗制服自己給聯絡簿簽名，艾力克和他那個富二代的爸爸非常不對盤，不過公道的說這方面艾力克自己的責任是比較多的：他真的不應該一直偷他爸放在抽屜裡的錢拿去儲值遊戲點數。

「我哪知道你有在數錢！」

東窗事發之後，艾力克還這樣嘴硬，難怪活該被他爸痛揍一頓。

有一次這對父子再度大吵過後，艾力克還離家出走去睡公園。

「蚊子好多，而且有怪叔叔會走過來看我睡覺，好可怕。我下次可以去睡你家嗎？」

「我要問我媽。」

我當時想也沒想就脫口而出，是直到長大以後才稍微想到那句話聽在當時艾力克的耳朵裡可能有點感傷，當時的艾力克大概也很希望自己還有機會能說出這句話吧：我要問我媽。

我媽很喜歡艾力克這個人，畢竟家裡有錢但卻很有禮貌長得好看也不驕縱的孩子哪個大人會不喜歡？我媽很喜歡艾力克卻不喜歡他是我朋友，畢竟的確真的是和艾力克玩在一起之後我就開始拒絕補習並且沉迷線上遊戲還因此開始結識網友，與其說是我開始受夠從小二開始就每天都要補習的這件事情以及我媽那種直升機家長的管教方式，倒不如就直接說是從艾力克身上我看見了另一種生活方式：原來我是可以有選擇的，原來我可以反抗。

那幾年間我們母子倆從沒能夠好好相處超過一天，或一分鐘。

國中之後艾力克被他爸送去國際學校為出國念大學做學前準備，而我是開始迷上畫漫畫還因此高中很想要讀美術班，於是我很快的知道自己繪畫技能上的不足而主動跟我媽提出想要去畫室補習的要求時，我懷疑我媽激動到都想要一路跑回去蔡家祠堂給列祖列宗們上香致謝感謝保佑她親愛的小兒子終於悔改了覺醒了回頭是岸了。

「一定是遺傳到他外公！我爸以前是畫電影看板的技師！」

那幾年我媽逢人就這麼說，那時候我不知道她正在偷偷啟動B計畫：把她親愛的小兒子栽培成為美術老師。我不知道為什麼她那麼執迷於把我栽培成為老師？難道我爸是大學教授我媽是國中老師，所以我就必須也要是個老師嗎？為什麼我一定要活得像他們？我只是他們的小孩並不是他們的配件！

結果傳承教育世家這慣例的人是我姊，她後來在高職當英文老師，每天都說不上快樂每天覺得很勞累，也說不上來是學生比較討厭還是學生家長？不過她說自己很喜歡學生都直接喊她Julia，以前她們那年代可不敢這樣直接喊老師的名字，那叫作沒大沒小不尊師重道，那是要被叫去訓導處罰站的。

「可是我很喜歡那樣，感覺我們可以是朋友，而朋友又不用分年紀。」我姊說：「雖然他們還是很中二很討厭，不過青春這種病長大就好了。」

後來也當老師的還有游文志。

大學之後我們終於考上不同的學校，游文志去念師大美術系而我則考到北藝大，那時候我大概已經漸漸看見自己的極限但是卻又不想承認自己不是那塊料，那時候如果不是大一那年的寒假艾力克回台灣過農曆年並且找我吃飯敘舊的話，或許我真的會過上自欺欺人並且一眼望到底的人生吧。

那個寒假我按照慣例去艾力克家的豪宅打電動，那豪宅按照慣例只有他獨自在家，獨自在家的艾力克沒怎麼聊起他的荷蘭新生活，倒是興致勃勃的提到他剛認識的新朋友。

「我朋友超厲害的，國中就在日料店內場打工，就這樣高中畢業那年存到錢在高雄火車站附近買了一戶兩房的公寓。」

「他幹嘛國中就要開始打工？家裡很窮嗎？」

「不曉得，不過他跟他爸也不好。」

也。

「後來他高餐的老師也買在那社區，結果買到的坪數比他的小而且房價還更高，是不是很好笑？」

艾力克笑了起來，而我則是配合著笑笑。

「你怎麼了？心情不好喔？」

「我媽很煩。」

「她又怎麼了？」

「抽菸被她捉到，整天發神經，搞得好像我得絕症一樣，吵死了。」

艾力克撇了撇嘴角，說：

「要不要去我朋友的日料店捧場？他最近展店到台北了。」

「好啊。」

我的人生就是在那天那日料店裡拐了個彎。

那是中等規模的日料店，店裡大約有十來張的四人方桌，一排六位靠窗的單人座位以及滿大的一個L型吧檯，吧檯裡連同老闆在內總共四位師傅，那天我們就這麼一邊吃著老闆親手做的料理一邊和他閒聊天，那不是我第一次喝酒但那是我第一次被教品酒，那是氣氛很好的一家店，那是用餐很愉快的一個夜晚，那是我想要繼續待著的地方。

那是我想要做的事情、想要待著的地方，那是我想要過的人生。

這個念頭在我的心中揮之不去還逐漸膨脹，幾天之後我終於鼓起勇氣主動上門去問老闆能不能讓我在內場當學徒？

「我想學習日本料理。」

「你還是學生吧？」

「北藝大。」

「畫畫的還表演的？」

「畫畫的。」

「張大千也講究吃，他還曾經說：以藝術而論，我善烹飪更在畫藝之上。」

「我不是那塊料，才能遠遠不夠，再練也只是技法變純熟畫得更漂亮而已，不像我朋友，他的畫裡有能夠觸動人心的東西，連我媽都對他說：你以後會變畫家，你要開始練簽名。我媽從來沒有對我講過這句話。」

「總是這樣的，我國中之前也以為自己會是周杰倫第二。」

我驚訝的看著他。
「不是指長相，我國小的時候真的被說成是鋼琴神童，而且我還會自己寫歌呢。」老闆笑著說，然後突然湊近我，聞了聞：「你抽菸？」
「欸。」
「這個不行，尼古丁會影響我們的味蕾和嗅覺連手指頭都會變得燻黃，我們是在顧客面前現場手做料理的，手的乾淨很重要。你有可能戒掉嗎？」
「可以。」
「好。」
就這樣，我的人生拐了個彎位移，生活的重心逐漸從學校位移到學習料理，就是連畫室的課都沒怎麼再去，最後也沒把大學念畢業，當我拖拖拉拉終於決定辦理休學那年，游文志剛剛取得碩士學位。
游文志。

當老師和游文志吵吵鬧鬧到來的時候我正在給蝦子剔除腸泥。

「喂蔡曜存，掛好了喔，」他們兩個在門口朝店內喊來：「師母說這次給你做一盆超級大的，應該偷不走了啦。」

「對啊，你師母說都這麼大盆了、前女友還偷得走的話，她要加碼再送她一盆。」

「請幫我謝謝師母，不過我前女友比較喜歡自己順走啦，用送的她還不要咧。」

一陣嘴炮一陣笑。

「欸，你說好要送我的畫咧？」

「車上啦，等一下再掛，我要喝飲料，都十月了還這麼熱，真吃不消。」

「先掛啦。」

「好啦。」

一邊看著游文志掛畫，一邊我有感而發：

「如果你是我媽的兒子，她的人生可能會快樂一點吧。」
「幹嘛突然講這個？」
「就像剛剛那樣啊，你就真的會去先掛畫，如果換成是我的話，一定是繼續坐著先喝飲料。你就真的個性比較好啊。」
「你也有我羨慕的地方啦。欸，看一下畫有正嗎？」
「左邊再低一點。」
「喔。我就很羨慕你很會聊天啊。」
「你還是不敢跟陌生人聊天喔？」
「嗯。」
「沒事啦，你會教課會賣畫就夠了啊。」
「那又不一樣。」
「哪裡不一樣？」
「就是不一樣。」

「好了這樣可以。」我滿意看著畫：「以後可以一邊低頭做料理一邊抬頭看著你的逆光啦。」

「你白痴喔。」

逆

光

燒啤和莓果氣泡飲、在預先冰鎮過的玻璃杯裡，一邊吃著炸雞，我們一邊聽著老師的第八百零二遍：

「我有跟你們講過我還在當領隊的時候，帶團帶到前女友的事情嗎？」

「有，而且真的別再講了、老師。」

「好，老師只是測試你們上課有沒有專心聽。」

一陣噓聲中，老師笑笑的問游文志：

「你們剛剛在講什麼？什麼一樣不一樣的？你想跟誰聊天是不是？」

「……」

「講啊，老師都看得出來。」

「你們記得我高中暗戀了三年的那個女生嗎？」

「簡秀霏喔？」

「嗯。」

游文志暗戀了人家三年卻死不開口告白也不敢有任何行動，最後還是我們看不下去試著製造機會、在畢旅時的遊覽車上安排讓他們兩個坐在一起，本來以為這下子終於能夠開始了、就算是告白失敗也甘願了，結果哪曉得游文志居然選擇一路裝睡到劍湖山。

我就真的緊張到不敢說話啊。事後，他也只有這麼說。

而此刻，他正在說：

「我覺得我這次又遇到同樣的場景。」

「你遇到簡秀霏？她不是嫁了生一個嗎？」

「兒子吧，我記得。」

「不是啦。」

他開始說。

那是畫室辦的寫生旅行，去的是濟州島，而團員中有這麼一個女生，開朗活潑滿好相處的一個女生，是個愛笑的女生；因為不是畫室的學生所以她並不知道游文志的極度社恐症，不知情的她很自然的在用餐時找坐在她對面的游文志攀談聊天，聊畫、聊天氣、聊大家昨晚只睡幾個鐘頭？

「很奇怪的是，我居然可以很自然的跟她聊天，那是我們行程第一天的第一個午餐，第一次看清楚彼此的臉長什麼樣子。可能是因為在桃機集合時有個很睏的聲音當著我的面問隔壁大姐：游老師是誰？我覺得很好笑也真的笑出來，於是放鬆是我對她的第一個印象。」

那的確是個能夠輕易令人放鬆的女生。在那四天三夜的旅途中，他們時而聊天時而不聊天，他經常還是有不知道該怎麼搭腔怎麼回話的時刻，不過她也就毫不在乎的繼續就在那裡。

「繼續就在那裡？」

「繼續就在那裡。」

「一種沒有執念的態度啦，」老師幫忙解釋：「想聊就聊，不知道怎麼聊就安靜下來只是待著也沒關係的概念。」

「喔。」

「對。」游文志繼續說：「在回程的飛機上她又坐我隔壁，感覺很像回到我們高中畢旅的遊覽車上。」

那是再次早起搭機的回程，當座位靠窗的游文志看著她東張西望的坐到他身邊時，他再次緊張到立刻決定裝睡。

「你不是說她能夠讓你放鬆嗎？」

「對，但那是大家都在的場合，又不是只有我們兩個人。」

「飛機上也不是只有你們兩個人啊。」

「在機場集合她當著你的面問游老師是誰的時候也不是只有你們兩個人啊。」

「反正那時候我就是覺得只剩下我們兩個人。」

「拜託喔。」

我翻了個白眼，而老師則是笑笑著喝酒，笑而不語，老狐狸。

但是這次有點不一樣，這次女生在送餐時用食指輕點他的右手臂，聲音小小的問他：

「你有要吃飛機餐嗎？」

他呆呆的點頭，而她幫他放下桌子，他們沉默著用餐，他才想著應該怎麼避免交談而不尷尬緊張的時候，女生秀出手機給他看：我不會找你講話，你可以不用裝睡，我都覺得自己被你當成細菌了。

「我沒有那個意思……」

「我知道。」

「謝謝。」

他轉頭看著那個女生對著前方的空氣說話：

「如果突然覺得緊張的時候，試著把我現在很緊張這句話講出來，然後就不會緊張了，真的。」

「好。」

他開口說好，然後真的因此開始放鬆下來拿出平板戴上耳機看影集。

「後來呢？」

「後來我們在領行李的時候又遇到，我主動捉住她的視線揮手道別，而她對我微笑點頭。我覺得那個畫面滿電影的。」

「再後來呢？」

「就沒有了。」

「喔。」

「好。」

「乾杯。」

乾

杯

夕陽西下之後，就這麼一邊喝著煮著吃著的時候，老師問：

「所以蔡曜存，開店這一年的感想是什麼？」

「累死了。」

我想也沒想的說，而他們樂得哈哈大笑。這種反應正常嗎？

「我們那時候還打賭你去打工當學徒絕對撐不了一個星期就回家當少爺了，結果沒想到現在居然都開店滿一年啦。真的是個大人了你。」

「你跟誰打賭？」

「你媽啊。」

「那誰贏？」

「你媽。她賭你會堅持下去。」

「騙人。」

「真的啦，她說你從小就喜歡在廚房裡洗洗切切，只不過她當時覺得刀子很危險還有爐火啊什麼的，所以總是把你趕出廚房。」

「聽她講咧，明明就是叫我去念書，我這輩子直到學畫畫之前，她每天對我講的話就是念書念書念書聽到我都耳朵長繭，」真是沒想到都時隔多年了我回想起來還是這麼不高興，我繼續說：「萬般皆下品唯有讀書高、這句話都不知道過時幾千年了。我們他媽的現在都還是在拿毛筆寫字是不是？」

筆直的看著我，老師說：

「嘿、蔡曜存，你媽沒有對你失望，她只是覺得大學都念了就把它念完啊，和學料理又不衝突，把大學學歷當成一個退路啊。」

「我不需要這個退路，也不想要繼續再浪費時間。」

「你沒有浪費時間。」

游文志說，而老師則：

「她是很喜歡游文志沒錯，但是如果你們兩個人同時掉進海裡，她絕對還是會去救你。」

「……」

「為人子女不容易啊，但是為人父母又哪簡單？我們上一代就是一根藤條教到底，哪知道輪到我們當爸媽時，你們不要說打啊、就是多說幾句都會被當面甩門或者上網公幹，連補習學才藝都要拜託你們去，說白了我們簡直是看著你們的臉色過生活欸。很難受啊，我們那年代的爸媽可不是這樣教我們的，而這年代的我們老了以後又不能奢望你們奉養，不，別說是奉養了，到時候你們會不會回家來看我們都是個問題咧。所以蔡曜存，你到底幾個農曆年沒回家過年了？」

「不知道。」

「可是蔡曜存，老師跟你講，真的，如果重新來過的話，我還是會為了陪我家那兩個長大而自願放棄當領隊，媽的你知道我旺季時帶一次團去歐洲可以賺多少錢嗎？然後我現在過著整天算日子等退休的生活？而且退休金還沒多少？搞不好還會被砍咧。最他媽的是我居然去歐洲玩要自己付錢？連吃飯都要自己付錢耶那是什麼感覺啊？但那是我心甘情願的交換，而且我完全不後悔。」

「……」

「你媽只是愛給得太多了，忘了留一點給自己，她不是故意的，她們那年代的女人就是被那樣教導著長大的，你離家出走之後，她也有開始調整自己了。」

「阿姨自己來畫室學畫畫。我有點覺得那是她在想她爸，她總是在課堂上聊起你外公還在畫電影看板的那段日子，她覺得很快樂，總是跟在你外公屁股後面當小跟班，大人都會請她吃糖果。」

我看著游文志，而他看了回來，他繼續說：

「有空回去看看你媽。」

「我不需要被救。」

「什麼？」

「我如果掉進海裡的話，不用來救我，我自己會游泳，但你的話就不好說。」

「幹。」

乾

杯

「還有畫室啊，也可以回來。」游文志說，游文志突然的說：「不必把才華當飯吃，但也不用賭氣置之不理啊。」

「我又沒有賭氣。」

「你有。」

「我就真的沒才華啊，又沒有人買過我的畫，也不像你，大學的時候就被簡老師叫去畫室當助教。」

「他只是覺得我付不出學費而已。」

「最好是。」

「真的啦，不然你以為我當初是為什麼想學畫畫？就是因為看了你的漫畫啊。」

「對啊，你看到我在畫漫畫所以——」

「不是，」打斷我，他說：「我是看到你**的**漫畫。」

的。游文志刻意強調了這個字：你**的**漫畫。我聽見他說，是的，我聽見他繼續說：「你的漫畫很好看。」

「……」

「有空回畫室玩，他們都還是會問起你。」

「……」

「你的肖像畫都還放在畫室裡你知道嗎？」

「我不知道。」

「你現在知道了。我每次看著那張畫，都在想：那是十八歲的蔡曜存啊，就這樣被定格在畫室裡永恆啦，而這不就是創作的魅力嗎？」

「媽的。」

媽的。我說，然後，真的，整個人像是鬆掉了那樣，我說，我開始說：

「早知道那一年那一天簡老師叫我當模特兒給他課堂上示範肖像畫時我就要拒絕，什麼叫作你很好畫，我就是太容易相信人了。媽的。」

媽的。

「媽的，我一直覺得我媽比較想要你是她兒子，我一直覺得我畫得不如你，我一直……」媽的，「你一直讓我很自卑，你永遠是更好的那個，最好的那個。然後你現在才跟我說其實你很喜歡我的漫畫？而這才是你最初去學畫畫的原因？你喜歡我的漫畫然後你居然直到現在才講？」

「呃，所以這個要講喔？我永遠搞不懂什麼該講什麼不該講，不過，對，我是真的喜歡你的漫畫，我都沒有跟你講過喔？」

「媽的。」

我說。然而最媽的是，我就這樣哭了起來，在自己的日料店裡，開店一週年的這天，在這世界上最重要的兩個朋友面前，整個人像是鬆掉了那樣，我把這一年來的疲憊，這幾年來被現實世界鞭打的挫敗、失意和吞忍轉換成為眼淚，哭了起來。像是個受盡委屈卻不敢說，但終究還是被理解被接納的孩子那般，在我的日料店裡，在他們兩個面前，在逆光那幅畫下，哭泣。

——全文完——

橘子作品 32

愛，或另一種愛

Love. One Way or Another.

作　　者　橘子
總 編 輯　莊宜勳
主　　編　鍾靈

出 版 者　春天出版國際文化有限公司
地　　址　台北市大安區忠孝東路四段303號4樓之1
電　　話　02-7733-4070
傳　　眞　02-7733-4069
E－mail　frank.spring@msa.hinet.net
網　　址　http://www.bookspring.com.tw
部 落 格　http://blog.pixnet.net/bookspring
郵政帳號　19705538
戶　　名　春天出版國際文化有限公司
法律顧問　蕭顯忠律師事務所
出版日期　二〇二三年十二月初版
定　　價　310元

總 經 銷　楨德圖書事業有限公司
地　　址　新北市新店區中興路二段196號8樓
電　　話　02-8919-3186
傳　　眞　02-8914-5524

香港總代理　一代匯集
地　　址　九龍旺角塘尾道64號 龍駒企業大廈10 B&D室
電　　話　852-2783-8102
傳　　眞　852-2396-0050

ISBN978-957-741-780-0　Printed in Taiwan

國家圖書館出版品預行編目(CIP)資料

愛,或另一種愛/橘子著. -- 初版. -- 臺北市 : 春天出版國際文化有限公司, 2023.12
面；　公分. -- (橘子作品 ; 32)
ISBN 978-957-741-780-0(平裝)

863.57　　112018285